Theodor Ebner

Das deutsche Volkslied in Vergangenheit und Gegenwart

Theodor Ebner

Das deutsche Volkslied in Vergangenheit und Gegenwart

ISBN/EAN: 9783741126109

Hergestellt in Europa, USA, Kanada, Australien, Japan

Cover: Foto ©Andreas Hilbeck / pixelio.de

Manufactured and distributed by brebook publishing software
(www.brebook.com)

Theodor Ebner

Das deutsche Volkslied in Vergangenheit und Gegenwart

Das deutsche Volkslied

in

Vergangenheit und Gegenwart.

Von

Theodor Ebner,

Redakteur der Württembergischen Landes-Zeitung
in Stuttgart.

℔ Barmen 1889.

Verlag von Hugo Klein.

*Es liegt dem hier zu behandelnden Thema keineswegs die Absicht zu Grunde, eine Klage über die unsrer prosaischen Zeit mangelnde Poesie in Leben und Treiben, in Freud und Leid unsres Volkes anzustimmen. Es will im Gegenteil den Autor, so oft er zu gunsten der guten alten Zeit eine solche Klage vernimmt, bedünken, als ob die Schuld einer trüben und pessimistischen Ansicht zumeist gerade an denen liege, die sich in einem gewiß sonst edlen und anerkennenswerten Idealismus mit der Gegenwart nicht befreunden wollen oder können. Denn das, was den eigentlichen und menschlich wahren Gehalt des Volksliedes zu allen Zeiten gebildet hat, das Bewußtsein innigster Verbindung mit der Natur, die Liebe, nicht in erster Linie die sinnliche, von äußeren und vergänglichen Reizen abhängige Liebe, sondern eine in diesem Sinn gewiß nicht mißzuverstehende kindliche Liebe zu allem, was uns Gott in seiner Welt voll Sonnenschein, voll Freud und Leid bietet, dieser innerste und wahrste Gehalt des Volksliedes hat ja allen Wechsel der Zeiten

---

*) Separatabdruck aus den „Deutsch-evangelischen Blättern".

überbauert. Die Töne der Freude über Gottes schöne
Welt klingen noch heute wie einst voll Poesie und
Leben aus Volkes Mund und Herz, wenn man sie
nur hören und in sich aufnehmen will. Die Welt ist
die gleiche, wie sie damals war; noch leuchtet die
Sonne gerade so hell ins Herz hinein, und Mond und
Sterne glänzen noch immer mit gleichem goldenen
Schein am Himmelszelt. Noch jauchzt das Menschen=
herz in seliger Freude und bangt in sehnender Trauer
und noch immer weht Gottes Odem in Wald und
Flur und seine Engel schweben auf und ab zwischen
Himmel und Erde! Nicht die Eisenschienen, welche
Länder mit Ländern verbinden, und nicht die Drähte,
die den Gedanken mit Blitzesschnelle von einem Ort
zum andern tragen, sind es, die der goldenen Poesie
des freien und frohen Wanderns und seiner waldduf=
tenden Lieder ein Ende gemacht haben. Es ist nicht
der Zwang der äußern Formen und der von früheren
Zeiten so ganz verschiedenen sozialen Stellung des ein=
zelnen, was uns das Leben als ein traurig=mechani=
sches erscheinen läßt. Wir selbst, wir, die mit all die=
sem unzufriedenen, jede Poesie in der Gegenwart ver=
missenden Menschen, sind es, die dem Geist diesen
Zwang auferlegt haben, die die Augen verschlossen hal=
ten für alle Pracht und allen Reiz dessen, was Gott
in unserm Herzen und in seiner Natur mit verschwen=

berischer Fülle niedergelegt hat; also daß wir nur die
Hände ausstrecken, daß wir nur Auge und Ohr öffnen
dürfen, um all das zu finden, was wir als längst
verloren bejammern und beklagen. — Mehr ahnend
als den vollen Wert des Volksliedes erkennend, hat
die Gegenwart sich in diesem Vermächtnis verschwun=
dener Zeiten doch etwas erhalten, was ihren Bruch mit
einer Vergangenheit unbewußt poetischen Schaffens und
Lebens nicht als vollständig erscheinen läßt. Und wenn
sie selbst auch in ihrer Gesamtheit wenig, oder im Ver=
hältnis zum Werte des Erbes am Ende gar nichts ge=
than hat, um das Vermächtnis der Väter zu erwerben
und damit erst wahrhaftig zu besitzen, so möchte es
vielleicht doch nicht ganz ohne Interesse sein, das Volks=
lied in seiner Stellung, wie sie ihm die Gegenwart,
und in seinem Werte, wie ihn demselben das echt
christliche Bewußtsein zu geben hat, zu charakterisieren.
Es kann hier natürlich keineswegs meine Aufgabe sein,
den Anteil der Wissenschaft an der Schätzung und lit=
terarisch=sprachwissenschaftlichen Verwertung des Volks=
liedes eingehend und nach allen Seiten hin zu schil=
dern. Nur darum kann es sich hier handeln, darauf
zu achten, wie das Volkslied seinem religiösen Gehalt
nach betrachtet und geschätzt werden muß in einer Zeit,
wo am Ende der Wert alles dessen, was der Men=
schengeist von jeher hervorgebracht, nur nach seiner dem

christlichen Bewußtsein mehr oder weniger feindlichen und gleichgiltigen Stimmung beurteilt wird, und auch das kleinste und unbedeutendste gezwungen ist, Stellung zu dieser Richtung zu nehmen.

Wenn man die Worte hört, mit denen einst Goethe eine trotz aller Mängel und aller Kritiken doch epoche-machende Sammlung deutscher Volkslieder, „des Kna-ben Wunderhorn" von Arnim und Brentano, einführte, so kann man sich angesichts der thatsächlichen Wirkung, die diese Lieder ausgeübt, d. h. abgesehen von einer augenblicklich aufflammenden Begeisterung dauernd aus-geübt haben, einer gelinden Enttäuschung nicht er-wehren. Goethe, der bei dem Volkslied in die Schule gegangen war und ihm sein Geheimnis abzulauschen verstanden hatte wie keiner vor ihm oder nach ihm, sagt von dieser Sammlung und damit überhaupt von dem Wert des Volksliedes in unserm Leben: „Die Kritik dürfte sich vorerst nach unserm Dafürhalten mit dieser Sammlung nicht befassen. Die Herausgeber haben solche mit so viel Neigung, Fleiß, Geschmack, Zartheit zusammengebracht und behandelt, daß ihre Landsleute dieser liebevollen Mühe nun wohl erst mit gutem Willen, Teilnahme und Mitgenuß zu danken hätten. Von Rechtswegen sollte dieses Büchlein in jedem Haus, wo frische Menschen wohnen, am Fenster, unterm Spiegel, oder wo sonst Ge=

sang= und Kochbücher zu liegen pflegen, zu finden sein, um aufgeschlagen zu werden, in jedem
Augenblicke der Stimmung oder Unstimmung,
wo man dann immer etwas Gleichtönendes
oder Anregendes fände, wenn man auch allen-
falls das Blatt ein paarmal umschlagen müßte.
Am besten aber läge doch dieser Band auf dem Klavier
des Liebhabers oder Meisters der Tonkunst, um den
darin enthaltenen Liedern entweder mit bekannten, her-
gebrachten Melodieen ihr Recht widerfahren zu lassen,
oder ihnen schickliche Weisen anzuschmiegen, oder, wenn
Gott wollte, neue bedeutende Melodieen durch sie her-
vorzulocken. Würden dann diese Lieder nach und nach,
in ihrem eigenen Ton= und Klangelement, von Ohr
zu Ohr, von Mund zu Mund getragen, kehrten sie,
allmählich belebt und verherrlicht, zum Volke zurück,
von dem sie zum Teile gewissermaßen ausgegangen, so
könnte man sagen, das Büchlein habe seine Bestimmung erfüllt, und könne nun wieder als geschrieben
und gedruckt verloren gehen, weil es in Leben und
Bildung der Nation übergegangen.“

Um die Frage, welche Stellung das Volkslied zur
Gegenwart und zum christlichen Bewußtsein einnimmt,
beantworten zu können, müssen wir noch weiter in die
Vergangenheit unsrer deutschen Litteratur zurückgreifen,
als wir es eben mit Erwähnung des Wunderhorns ge-

than haben. Abgesehen von einzelnen Spuren finden
wir eine ausgebreitete und sichere Entwicklung des
Volksliedes erst vom 14. Jahrhundert an, d. h. es
tritt in dieser Zeit als ein in sich schon fertiges Ganzes, bereit und befähigt, den im Absterben begriffenen
Kunstgesang abzulösen, an die Öffentlichkeit. Die deutsche
Poesie hatte ihre erste Blütezeit bereits hinter sich. Aus
den Händen der Geistlichen, die allem weltlichen Sang
abhold, bis dahin auch der deutschen Poesie ihr eigentüm-
lich ernstes und religiöses Gepräge aufgedrückt hatten,
war dieselbe im Lauf der Jahre in die Hände des unter kaiserlichem Schutz zu immer höherer Blüte gelan-
genden Ritterstandes übergegangen, und in dem Kampfe
zwischen weltlicher und kirchlicher Macht hatte auch
Sang und Dichtkunst an dem ritterlichen Stande einen
wahrlich nicht schlechten Hüter und Schützer gefunden.
Neben dem Einfluß, welchen die Berührung mit andern in der Poesie schon weiter vorangeschrittenen Völkern während der Kreuzzüge mit sich brachte, war es
namentlich die Stellung des sangesfreudigen Geschlechts
der Hohenstaufen zur Dichtkunst, die fördernd und bil-
dend auf die ersten Anfänge weltlicher Kunstdichtung
einwirkte. Nicht allein deren nächste Umgebung, auch
benachbarte Fürsten und Herren, wie namentlich die
Herzöge von Österreich aus dem Babenbergischen Hause
und die Landgrafen von Thüringen, wetteiferten mit

dem schwäbischen Kaisergeschlecht in der Pflege der Poesie,
und schufen für dieselbe so eine Blütezeit, die mit den
Namen der Minnesänger, eines Hartmann von der Aue,
Walther von der Vogelweide, Wolfram von Eschenbach,
Gottfried von Straßburg, Ulrich von Lichtenstein u. a. m.
geschmückt ist. Freilich der zuletzt genannte Name dieses mittelalterlichen Don Quixote gemahnt uns auch
schon an die Zeit, da die Blüte der deutschen Kunstpoesie abzusterben begann. Die Sucht nach neuem und
verderbliche Effekthascherei in Lied und Weise, Künste-
leien in Wort und Versbau untergruben das glänzende
Gebäude, und der Verfall der höfisch-ritterlichen Gesellschaft, wie er sich von der zweiten Hälfte des 13. Jahrhunderts an immer mehr bemerklich machte, übte seine
schädigende und zersetzende Wirkung auch auf die ritterliche und höfische Poesie im vollsten Maße aus.
„Diese ganze höfische Kultur," sagt Scherer, „war ja
in Deutschland nicht von dem markigen Stamm nationalen Lebens emporgetragen worden, und daher trat
denn nach kurzer Blüte ein rasches und klägliches Welken ein. Die nur anempfundene und angebildete ro-
manische Bildung hatte im Gemüt und Geist unsres
Volkes keinen festen Untergrund gefunden. Sie flechte,
sobald sie ihrer äußern Lebensbedingung, der gebieten-
den Weltstellung Deutschlands unter den Hohenstaufen,
beraubt war, und ging, wenigstens in ihren höheren

Tendenzen, rettungslos unter in der furchtbaren, alle
Kultur in Frage stellenden Zeit, welche nach dem Tode
Friedrichs II. hereinbrach. Da verwilderte in dem Krieg
aller gegen alle die deutsche Gesellschaft unsäglich. Die
Männer überließen sich rohester Jagd= und Rauflust.
Die feinen Umgangsformen wurden vergessen oder ge=
radezu verachtet, und dafür ward der plumpste, schmutzigste
Ton herrschend. Der Adel war infolge des übermäßigen
Aufwands, welchen er bei Turnieren, Reichsversamm=
lungen, häuslichen und öffentlichen Festen aller Art in
Speise und Trank, Hausgeräthe und Kleidung, in Die=
nerschaft und Pferden entwickelt hatte, vielfach so ver=
armt, daß er zur Wegelagerung griff, um das Leben
zu fristen. Ein wildes Räuberleben wurde auf den
Burgen heimisch, ein Krieg aller gegen alle begann,
und brachte eine Mißachtung aller göttlichen und mensch=
lichen Gesetze mit sich, so daß ein deutscher Fürst die
schändlichen Worte: „Gottes Freund und aller Men=
schen Feind" als ein Glaubensbekenntnis ritterlicher
Männlichkeit im Munde führen durfte. In diesen bru=
talen Zeiten zerfiel die ritterliche Poesie; der Dichter sank
zum Pritschenmeister und schmarotzenden Botenmeister
herab, welcher mit den gewerbsmäßigen Narren, mit den
Hofnarren, an den Höfen um ein kärgliches Stück Brod
kämpfen mußte." An Stelle dieser nun in sich selbst
zusammensinkenden Kunstpoesie trat, in engem Zusam=

menhange mit dem Emporblühen und Gedeihen des Bürgerstandes, ein andres Element, das Volkslied. Nicht
als ob dasselbe erst dieser Periode seine Entstehung
verdankte. Diese reicht über die historische Vergangenheit zurück bis in das fernste Dunkel unsrer Vorzeit.
Schon aus dem schönen Bericht des Tacitus über unser
deutsches Vaterland erfahren wir von Volksliedern und
Gesängen, denn solche dürfen wir ja in den von ihm
erwähnten Liedern zu Ehren des erdgeborenen National-
gottes Tuisco, wie seines Sohnes Mannus, vermuten,
und die Voraussetzung, daß auch Deutschlands Befreier
vom römischen Joch, Arminius, Gegenstand manches
Volksgesangs gewesen, dürfte eine ziemlich sichergehende
sein. Allein erhalten hat sich von alledem nichts. Der
Strom der Völkerwanderung ist dahingebraust über
diese Denkmäler unsrer Vergangenheit und hat in seinen Wogen alles mit sich davon getragen, dahin und
dorthin, auf fremden Boden und in entlegene Länder,
wo die heimatliche Poesie keinen Grund mehr fand und
aus Mund und Gedächtnis der Ihrigen verschwand.
Das Christentum hielt seinen Einzug in die deutschen
Gaue, und im heiligen Eifer der Bekehrung suchten
seine Boten alles, was an die heidnisch=sündige Ver=
gangenheit erinnern mochte, zu vertilgen; weltliche Ge=
sänge wurden verboten, und dafür den jungen Christen,
deren manchem wohl noch das alte Heidenherz in ängst=

lich verborgener Scheu an den ererbten Göttern und
Satzungen hangen mochte, geistliche Kunstpoesie als
heilsamer, seelenrettender Ersatz geboten. Aber von
Mund zu Mund pflanzte sich Sang und Sage fort,
und um die Zeit Karls des Großen trat schon die
Volkspoesie als Gegensatz zur Kunstpoesie auf. Die
Sammlung der Lieder, die Kaiser Karl der Große an-
legen ließ, ist verloren gegangen, ein Verlust, der um
so mehr zu bedauern ist, als uns die in den Geschichts-
werken des Goten Jordanes, und des Langobarden
Paulus Diakonus verwebten Sagenstoffe den Reichtum
dieser Erzeugnisse altdeutscher Poesie ahnen lassen. Kümmerliche Überreste nur haben sich bis heute aus dieser
Periode erhalten, aus dem 8. Jahrhundert die Merse-
burger Heilsprüche, und als ein kostbares, noch in seinen Trümmern herrliches Gebilde aus dem Kreise der
Heldensagen das Hildebrandlied, dessen Stoff sich im
Volksbewußtsein bis ins 15. Jahrhundert hinein erhalten hat. Die Alliteration wich dem Reime, und
als Überreste aus dieser Übergangszeit besitzen wir den
Leich auf König Ludwig III. und die Normannenschlacht
von 881, zugleich eine Probe des historischen Volksliedes aus jener Zeit. Des Fernern bieten uns die
beiden Evangelienharmonieen, der „Heliand“ und Ot-
friebs von Weißenburg „Krist“, zusammen mit dem
„Weſſobrunner Gebet“ und dem „Muspilli“ Proben des

geiſtlichen Volksliedes der damaligen Zeit. Noch zei=
tigte die Volkspoeſie ihre zwei ſchönſten und unvergäng=
lichſten Früchte, das Nibelungenlied und die Gudrun,
aber gleichwohl iſt, um mit Uhlands Worten fortzu=
fahren, „nicht zu verkennen, daß durch die großen, ge=
lehrten und kunſtmäßigen Dichtungskreiſe, die im geiſt=
lichen und Ritterſtande ſich herangebildet hatten, der
Volksgeſang mehr und mehr zurückgedrängt, daß durch
ſolche Abſonderung und neue Geiſtesrichtung dem Ge=
meinſamen, Volksmäßigen ein bedeutender Teil dichte=
riſcher Kräfte entzogen, das Gebiet geſchmälert und die
Aufmunterung verkümmert, daß durch die Ausbildung
zu künſtlicheren Liebesformen, durch die Einverleibung
in umfaſſende Schriftwerke das Volkslied aufgeſogen,
und, wie es vornherein in mündlicher Überlieferung ge=
lebt hatte, nun um ſo weniger mehr von denen, die
ſchreiben konnten oder ſchreiben ließen, der Aufzeich=
nung in unveränderter Weiſe wert erachtet wurde. So=
wie jedoch im Lauf des 14. Jahrhunderts jene mittel=
alterlichen Dichtungskreiſe ſich ausleben, rührt ſich in
den poetiſchen Leiſtungen der Zeit alsbald wieder die
unverlorene Volksart. Es ſchlägt der Ton durch, es
entbindet ſich der Geiſt, darin die geſchiedenen Stände
ſich als Volk zuſammenfinden und verſtehen. Bearbei=
tungen deutſcher Heldenſagen kommen hervor, denen
man Wendungen und Handgriffe der Volksſänger ab=

hört, und deren altertümlicher Stil über die Zeit hin-
aufweist, in welcher das ausgebildete Rittertum sich
dieser Stoffe zur Darstellung in seinem Geiste bemäch-
tigte. Liederbücher vom Eingang des 16. Jahrhunderts, wie schon einige Anklänge aus dem 14. ergeben
eine Mittelgattung zwischen dem abscheidenden Minnesang und dem wieder andringenden Volkstone; der Adel
sowohl, der seines frühern Kunstgeschickes nicht mehr
mächtig ist, als auch bürgerliche Meister, die noch an
den Höfen umherziehen und noch nicht in schulmäßigen
Zunftgesang abgeschlossen sind, haben sich leichteren
freieren Liederformen zugewandt. Die zerfallende Kunst-
bildung des Ritterstandes ist ein Zeichen, daß überhaupt die glänzendste Zeit seiner Herrschaft vorüber war,
der auftretende Volksgesang geht gleichen Schrittes mit
dem erstarkenden Selbstgefühl des Bürgerstandes und
örtlich auch der Bauernschaft. Der Kampf selbst, in
dem Ritter und Bischöfe mit Bürgern und Bauern
zusammenstießen, drängte zu gemeinsamer Gesangsweise,
denn wie mit den Waffen traten die Stände mit Liedern sich gegenüber, und diese mußten, um zu wirken,
nach allen Seiten verständlich sein; wie man sich auf
demselben Felde schlug, mußte man auch mit den Liedern auf gleichem Boden stehen."

So bildete sich eine Periode, in der die Kunstpoesie der höheren Stände verstummte, die mit dem

Minnesang allmählich ihre Fortsetzung in dem einfachen Liede des Volkes fand. Es ist in diesem eine wunderbare und eben nur aus seiner Entstehung begreifliche Vermischung von Realismus und Idealismus, von historischem Wissen und naivem Fabulieren. Gleichsam in der Luft lagen dem Volke die Töne und Worte, aus denen seine Lieder entstanden, und wenn es nicht an eine Thatsache, sei es nun aus dem engern persönlichen Leben oder aus der großen Gegenwart selbst anknüpfen konnte oder wollte, so gab ihm seine Phantasie oder seine Erinnerung mannigfachen Stoff zu fröhlichem Gesang. Mit der gleichen Naivetät, mit welcher es die Hohen und Mächtigen der Erde behandelte, zieht es auch die Gegenstände seines religiösen Denkens und Glaubens in den Bereich seiner Lieder, mit der gleichen Ausführlichkeit behandelt es eine historisch-denkwürdige Schlacht und die Liebe zweier jungen Herzen. Es ist die Lust am Singen und Sagen eine so mächtige und unwiderstehliche, daß überall, wo etliche versammelt sind zur Ergötzung, ihnen Worte und Reden sich reimen zu Vers und Lied. Darum auch beim Volkslied der immer mächtig wirkende Zauber des Unmittelbaren, der uns mit dem ersten Worte schon mitten hinein in die Geschichte versetzt, von der es erzählen will; darum die natürliche Frische und Raschheit, die sich nicht durch Schilderungen und erklärende Ver-

binbungen hemmen unb bämmen läßt, ſonbern wie ein
klarer Walbbach bahinfließt, an beſſen Ranbe im fri=
ſchen Grün ſich wonnig träumen unb benken läßt. Unb
immer iſt es uns, ſo oft wir ſolch ein Lieb leſen ober
hören, als vernähmen wir ber Bäume Rauſchen ober
ber Nachtigall Geſang; es weht uns aus ihnen jener
würzige, kräftigenbe Hauch entgegen, ben wir in vollen
Zügen einalmenb als Gabe ber Natur unb Deſſen, ber
ſie geſchaffen, genießen.

Das Volk aber, bas bieſe Lieber geſungen, war
nicht ber Pöbel auf ber Gaſſe, ber ja nach Herbers
Ausbruck nicht ſingen, ſonbern nur ſchreien unb ver=
ſtümmeln kann, es war „urſprünglich ehe biejenige Bil=
bung eintrat, welche bie Stänbe nicht nur nach Beſitz,
Macht, Geſchäft, Würbe, ſonbern nach ber ganzen
Form bes Bewußtſeins trennt, bie geſamte Nation.
Da iſt kein Unterſchieb bes poetiſchen Urteils: basſelbe
Lieb entzückt Bauern unb Hanbwerker, Abel, Geiſtliche
unb Fürſten. Nachbem nun bieſe Trennung eingetreten
iſt, heißt ber Teil ber Nation, ber von ben höheren
unb geiſtigen Bilbungsmitteln ausgeſchloſſen bleibt, bas
Volk. Allein bieſer Teil iſt bas, was einſt alle waren,
bie Subſtanz unb ber mütterliche Boben, worüber bie
gebilbeten Stänbe hinausgewachſen ſinb, aus bem ſie
aber kommen. Von benjenigen, bie in unbeſtimmter
Mitte ſtehen, nicht mehr naiv, unb boch nicht grünb=

lich gebildet oder durch die Not abgestumpft oder ver-
wildert sind, oder das Raffinierte der Bildung ohne
ihr Gegengift sich angeeignet haben, — ist nicht die
Rede, sondern von der Masse, die in der einfachen alten Sitte wurzelt, die ihre Bildung auch hat, aber
eine solche, welche der die Kluft bedingenden Bildung
gegenüber Natur ist. Diese Masse lebt ein verglei-
chungsweise unbewußtes Leben. Und eben dieses Traum-
leben, dies dämmerige Waldesdunkel (des Volksgemüts)
ist die wahre Geburtsstätte des Volksliedes. In diesem
Boden wächst „jene Kunst ohne Kunst", deren Grund-
zug die Schönheit der Unschuld ist, die „nicht sich selbst
und ihren heiligen Wert erkennt". (Vischer, Ästhetik III,
1357.) Und ähnlich, mit dem feinen Gefühle des Dichters, läßt sich Uhland über den Zusammenhang zwischen Natur und Mensch vernehmen: „In den ursprüng-
lichsten Volkszuständen wurzelt eine der deutschen Volkspoesie zum Wahrzeichen gewordene und verbliebene
Eigenschaft, der lebendige Sinn, womit überall die umgebende Natur in Teilnahme gezogen ist. Blättert man
nur im Verzeichnis der Liederanfänge, so grünt und
blüht es allenthalben. Sommer und Winter, Wald
und Wiese, Blätter und Blumen, Vögel und Wald-
tiere, Wind und Wasser, Sonne, Mond und Morgen-
stern erscheinen bald als wesentliche Bestandteile der
Lieder, bald wenigstens im Hintergrund, oder als Rah-

men und Randverzierung. Die schönsten unsrer Volkslieder sind freilich diejenigen, worin die Gedanken und
Gefühle sich mit den Naturbildern innig verschmelzen;
aber auch wo diese mehr in das Außenwerk zurücktreten, selbst wo sie nur noch herkömmlich und sparsam
geduldet sind, geben sie doch immer dem Liede eine hei-
tere Färbung; wenn sie völlig absterben, geht es auch
mit der deutschen Volksweise zur Neige. — Das alt-
germanische Sonderwohnen am Quell, im Feld und
Holz ergab einen täglichen trauten Verkehr mit allem,
was im Freien sichtbar und regsam ist; dieses ländliche Einzelleben setzte sich im Burgwesen fort, das nur
stolzer und weitschauender in Wind und Wolken hin-
ausgebaut war. Von den Einflüssen dieses Naturver-
kehrs, von der angestammten Wald- und Feldlust war
nun das deutsche Leben auch in allen geistigen und
sittlich=geselligen Richtungen durchdrungen. Laut der
frühesten Kunde vom religiösen Geiste der Germanen
faßten sie ihre Götter nicht in Bilder und Wände,
sondern verehrten ein Unsichtbares im Schatten geweih-
ter Haine; so verwob sich ihnen das heiligste Geheimnis des ahnenden Geistes mit dem Eindruck der tief-
grünen Waldesnacht. Jährlich wiederkehrende Volks-
feste behielten auch in christlicher Zeit das Gepräge, den
sinnbildlichen Aufschmuck alter Naturfeiern. Das deutsche
Recht, wie es zu großem Teile das Eigentum und die

Nutzungen an Feld und Forst, Jagd und Weide, Fluß und Teich betrifft, so ist es auch in seinen Bezeichnungen, Formeln, Symbolen voll der lebendigsten Naturanschauung. Von den Künsten ist es nicht bloß die Poesie, die, auf dem Lande und umwaldeten Burgen erwachsen, davon ihre grüne Farbe trägt; der alten Musik wird es nicht an Nachhallen des Jägerschreis und Berghirtenrufs fehlen; aber auch diejenigen Künste, die innerhalb der städtischen oder klösterlichen Ringmauern groß geworden sind, verleugnen nicht das tiefgepflanzte Naturgefühl: die deutsche Baukunst auf ihrem Höhepunkte hat das Steinhaus in einen Wald von Schäften, Laubwerk und Blumen wieder umgesetzt; die Malerei hat, während sie dem menschlichen Angesichte den reinsten Seelenausdruck gab, die Hinterwand durchbrochen, die Aussicht in das Grüne aufgethan, und dadurch die alte Verbindung des Geistes mit der Natur wieder hergestellt; ja sie hat weiterhin für die Landschaft ein engeres Fach ausgebildet, in welchem, wie in jenen Götterhainen, der Geist unsichtbar seine Nähe fühlen läßt."

Gewaltig und seiner frischen Jugendkraft sich freuend war das Volkslied in die durch den Verfall der Kunstpoesie entstandene Lücke eingetreten; mit sichtbarem Behagen hatte sich das Volk dem Adel gegenübergestellt. Allein es kam eine Zeit, wo auch seine Töne verstummt

waren, wo es über deutschen Landen wie ein schwerer
Druck lag, der jede freie Regung, jeden Aufschwung
der Gedanken hemmen und unterdrücken sollte. Gerade
die Zeit vor der Reformation, das ausgehende Mittel=
alter, dessen Blüteperiode zuletzt, nachdem Glanz und
Herrlichkeit des Adels in sich zusammen gesunken, nur
noch auf dem kräftigen Sinn des Bürgertums mit
seiner Arbeit geruht hatte, ließ auch das Volkslied ver=
stummen, obwohl ehrsame Bürger und Handwerker in
der Pflege des Meistergesangs einen Ersatz hiefür zu
finden hofften. Aus dem Volke, das noch vor we=
nigen hundert Jahren wohl gehorsam die Kirche ver=
ehrte, daneben aber auch in rüstigem und emsigem
Schaffen und Genießen sich in vollen Zügen seines Le=
bens freute, war nun eine Masse geworden, die ver=
sunken entweder in rohe Sinnlichkeit oder dumpfe und
stumpfe Bigotterie, sich selbst verloren, und Dank einem
hierarchischen Gewaltsystem den lebendig und poetisch
schaffenden und gestaltenden Trieb in sich unterdrückt
hatte. Vorher hatte es sich einer Kraft rühmen kön=
nen, die es in diesem Zeitalter verlor, um sie als bestes
Geschenk erst wieder von der Reformation zu empfangen.
In fest geschlossenen Vereinen, wie wir sie in den Zünf=
ten mit all ihren Sitten und Gebräuchen erblicken,
hatte es sich gegen alle Einflüsse, die seine Freiheit
und Selbständigkeit schädigen konnten, abgeschlossen. Es

trug seine Sprüche und seine Lieder von einer Stadt
zur andern, und wie ihm in der folgenden Periode
die Reformation die Notwendigkeit vor Augen stellte,
den hierarchischen Anmaßungen gegenüber seine Kraft
und Wahrhaftigkeit zu wecken und sich von schmählichen
Fesseln zu befreien, so war es in dieser ersten Blüte=
zeit des deutschen Volksgesanges durch die politischen.
Verhältnisse, die ungerechten Eingriffe des Adels und
des Patriziertums in seine Rechte, dazu gedrängt wor=
den, in festem Anschluß der einzelnen an einander den=
selben Widerstand zu bieten.   Darum hatte auch die
poetische Kraft, die im Volke steckt, sich geregt und ans
Licht gedrängt, und war begünstigt worden durch all
die Einrichtungen der Zünfte und die Verbindungen
der einzelnen Glieder untereinander.   Aber diese schöne
Blüte war jetzt dahingewelkt, und was so fest verbun=
den geschienen für alle Zeiten, hatte sich getrennt und
gelöst.   An die Stelle des Adels und des Patrizier=
tums war die Geistlichkeit getreten, und ihr war es,
langsam aber sicher, gelungen, um das freie Volk und
die freien Gedanken ihre Bande zu schlingen, daß es
dahinwandelte in dumpfer Gedankenlosigkeit, bis Luther
auftrat.   Dazu waren Krieg und Pestilenz aller Art
über die deutschen Gaue dahingezogen und dem Volke,
dessen geistige Selbstthätigkeit sich in den denkbar engsten
Schranken bewegte, mußten allerhand schreckvolle Ereig=

niffe, wie die unheimlichen Heuschreckenzüge und immer
wiederkehrende Teuerungen, als ein Zeichen dienen, daß
Gott den Menschen und deren tiefer Sündhaftigkeit zur
Strafe dem Teufel eine Zeitlang Herrschaft gegeben.

Da trat Luther auf, und die Thatsache, daß von
dieser Periode an eine neue Blüte des Volksliedes be-
obachtet werden kann, zeigt wohl am deutlichsten, daß
die Reformation nicht allein das Gewissen des deutschen Volkes, deffen Schützerin sie ja vor allem war,
befreite von dem Zwang kirchlicher Autorität, sondern,
daß sie auch allen, die bis dahin die Welt nur mit
den Augen der Kirche gesehen, und in ihr nur Sünde
und Verderben gefunden hatten, die Augen öffnete, also
daß sie wie ein großer sonniger Garten vor dem er-
staunten Blick lag, und der Jubel über diese Pracht
Töne suchen und finden mußte, wie sie im Volkslied
erklingen. Das deutsche Volk wurde durch die Reformation wiederum auf seine eignen Füße gestellt, und
befreit von dem Gängelband der Kirche und Geistlichkeit. Anstatt dem Priester nur dem eigenen Gewissen
und Gott Rechenschaft schuldig, und so mit seinem ganzen Leben und Denken, mit all seinen Freuden und
Leiden sich selbst zurückgegeben, sah es auf einmal aus
dem Boden, auf dem es stand, die herrliche Blüte
deutschen Sinnes und deutschen Gemütes, deutschen Lebens und Glaubens emporsteigen.

„Jetzt mußten," sagt Liliencron, „die Schranken fal=
len, mit welchen Frömmigkeit und Gelehrsamkeit bisher
umhegt geblieben waren. Von den Universitäten aus
durch die Humanisten geschah hiezu der erste Schritt.
Unaufhaltsam aber stürmte hinter ihnen her der Volks=
geist in die Bresche hinein, welche sie in das alte Sy=
stem gebrochen hatten. An der Schwelle des 16. Jahr=
hunderts erhob sich in Deutschland die öffentliche Mei=
nung mit dem starken Selbstgefühl, ein Auge und
eignes Urteil für alle Dinge zu besitzen, mit dem Be=
gehren, in eigner Sache auch selbst als Richter auf=
zutreten, mit tief erschüttertem Mißtrauen gegen alle
Autoritäten. Sie sah und wußte, daß, während Kirche
und öffentliches Leben tief und trostlos zerrüttet waren,
und der Verstand der Verständigen, der es dahin hatte
kommen lassen, vergebens nach Heilung für diese Schä=
den suchte, vieles von dem, was sich ihr bisher in vor=
nehmer Unverständlichkeit entzogen hatte, sich in den
Nöten des praktischen Lebens nur als unfruchtbare Af=
termweisheit erprobte. Darum sollte jetzt vom Volke
selbst in seiner Allgemeinheit eine neue Kraft ausgehen,
und die so lange vergebens gesuchte Reformation an
Haupt und Gliedern, in Kirche und Staat vollziehen.
Die Humanisten und die Vorkämpfer der kirchlichen Be=
wegung kamen diesem Drängen mit offenen Armen ent=
gegen; sie erkannten an, daß die wahren Schätze des

Wissens in gewisser Art geeignet und berufen seien, ein
Gemeingut aller zu werden, und daß selbst die großen
und schwierigen Fragen des Glaubens und der Kirche,
wenn man sie nur richtig stelle und fasse, vor das
Forum nicht sowohl des allgemeinen Menschenverstandes
als vielmehr des Gewissens der Gemeinde gebracht wer=
den könnten und müßten. So traf von beiden Seiten
die Bewegung in einem Punkte zusammen. Während
Teilnahme und Verständnis des Volkes sich auf die
höchsten kirchlichen und politischen Fragen richtete, bil=
dete sich in den Kreisen der Gelehrten und der kirch=
lichen Vorkämpfer ein durchaus volkstümlicher Ton und
eine oft wunderbare Kunst aus, die schwierigsten Fra=
gen in populärer Weise zu behandeln. Diese Männer
selbst, ja man kann sagen, alle Welt fühlte und dachte
in dieser Zeit wirklich und in Wahrheit volkstümlich.
Das ist es, was ihrem Ausdruck die zwar oft breite
und nicht selten platte, doch immer praktisch treffende
Verständlichkeit, ihrem Ton jenen unvergleichlich gesun=
den und derben Humor, ihrer litterarischen Thätigkeit
jene hinreißende und durchschlagende Gewalt verlieh."

Es regten sich im Innern des Volkes Kräfte, die
es nie gekannt: fröhlicher Sang erhob sich allenthalben
in Streit und Frieden, und männiglich ermunternd
und ergötzend, aber immerbar Gott die Ehre gebend,
ertönte mitten drinne die Stimme des Doktor Martin

Luther! Und diese Zeit, darinnen es nach dem freu=
digen Bekenntnis eines Ulrich von Hutten eine Lust
war zu leben, bot der jungen, bildenden und gestal=
tenden Kraft mannigfachen Stoff, den das Volk nun
überall auf Weg und Steg in seinem bescheidenen Le=
ben fand und ergriff. In der Werkstatt und draußen
auf der Feldwacht beim nächtlichen Lagerfeuer sang das
Volk sein Leid und seine Freude, sein Sehnen und sein
Hoffen. Fliegende Blätter trugen manches Lied von
Stadt zu Stadt, von Haus zu Haus: auf dem Felde
und im Walde hörte man singen und sagen von Lie=
beslust und Liebesnot, von Krieg und schwerer Zeit,
vom Papst und von Luther, spottend und höhnend, zür=
nend und mahnend. Und überall schritt dem Lied zur
Seite jung und kräftig die neue evangelische Lehre und
pochte, Einlaß begehrend, an Haus und Hütte! Hie=
mit denn ward auch das Volkslied seinem höchsten
Zweck und seiner edelsten Bestimmung gerecht; es wird
der Ausdruck einer innerlichen Freiheit, wie sie nur im
Schutze und im Lichte des echtchristlichen Bewußtseins
gedeihen kann. Der Mensch, der nun seinem Gott
Auge in Auge gegenüberstand, der, wie ihn das Bei=
spiel seines großen Lehrers Luther anwies, mit diesem
reden durfte, wie ein Mann mit seinem Freunde, war
eben nun in seinem ganzen Wesen bis in die innerste
Herzensfalte hinein ein anderer, als der, der sich an

der Hand seines Priesters zitternd und zagend vor Gott gestellt und nur durch die Vermittelung der Kirche, sei es nun durch Ablaß oder Fürbitte der Heiligen, sich das Recht einer von ihr anerkannten Existenz gesichert hatte. Und da nun das Volk ebenso ein Dichter von Gottes Gnaden ist, wie die besten Dichter einer Nation, und da gerade hier, wo des Menschen innerstes Denken und Fühlen sich in Worte kleiden soll, das erste Erfordernis die Freiheit ist, so läßt sich auch leicht erklären, warum zu jener Zeit, da die Lehre von eines Christenmenschen Freiheit sich allgewaltig Bahn brach, auch das Volkslied sich in seiner herrlichsten Blüte entfaltete.

Die Reformation und die aus ihr hervorgehenden Kämpfe, die endlich im dreißigjährigen Krieg ihren vorläufigen Abschluß finden sollten, bildeten einen Boden, auf dem sich namentlich auch das historische Volkslied, in seiner Blüte entfalten und immer breiter ausdehnen konnte; nicht zu unterschätzendes Material für eine Charakteristik dieser, wie überhaupt einer jeden Periode, in der es auftritt. Da waren es alle die Fürstlichkeiten in ihrer Gesinnung zur Reformation, da war es der Statthalter Christi selbst und neben ihm die mächtige Gestalt des Reformators, es war die Herrschaft und der Untergang der Wiedertäufer, da war es neben all dem Streiten für und wider die evangelische

Sache und den mannigfachen Fehden und Kriegen, die sich daran knüpften, in Schwaben namentlich die Gestalt Herzog Ulrichs und der ganz Süddeutschland durchziehende Bauernkrieg, wovon es erzählt. „Ein andres Lied," sagt Liliencron über das historische Volkslied, „löst sich von der Empfindung des Herzens, aus der es hervorquillt, wie die reife Frucht vom Baume ab; es duftet und schmeckt und keimt in seiner Art fort in andern Gemütern. Das geschichtliche Lied dagegen hängt fester und unlösbarer mit der Begebenheit zusammen, die den Sänger zum Singen stimmte. Innerhalb des Laufes der Ereignisse entsteht es gewissermaßen selbst wie ein Stückchen dieser Geschichte; es ist selbst eine Seite des lebendigen Treibens, welches sich zugleich in ihm abspiegelt. Es wird nicht gedichtet, um Unkundige über das Geschehene zu belehren, sondern wendet sich an solche, die in dem eben Geschehenen mitleben und mitwirken, bald um die gemeinsame Freude über einen Sieg zu feiern, bald um dem Zorn über die Ergebung bei einer Niederlage Worte zu leihen, um den Freund zu feiern, um den Gegner mit Hohn und Spott zu überschütten, immer aber mit der Absicht, die Gemüter der Hörer zu stacheln und zu stimmen, zu treiben und zu heben." Aehnlich spricht sich Johannes Falk in seiner Vorrede zu Herders „Stimmen der Völker in Liedern" aus: „Historische Lieder vergegenwärtigen besser als unſre in Paragraphen abgeteilten Geſchichtsbücher; das Volk will im Geiſte die Thaten ſeiner Vorfahren erleben, ſchauen und ſich dadurch zu ähnlichen Helden= thaten anfeuern. Der tote Gedächtniskram in Büchern, das Herplappern von Formeln ohne Charakter, von Namen ohne Weſen, die unnütze Anhäufung von Da= ten und Jahreszahlen, kurz alles das, was wir in der Regel einen gründlichen Vortrag der Weltgeſchichte zu nennen belieben, mitunter auch oft in Tabellen gebracht unſre Kinder mit unſäglicher Mühe auswendig lernen laſſen, dies gelehrte Delokt kann keinen entſcheidenden Einfluß auf das Leben behaupten, oder eines jener al= ten Lieder erſetzen, die gleich Adlern mit feurigem Flü= gelſchlag den Pionieren unſrer Vorfahren voranflogen. Siehe da, was die echte Wirkung der Dichtkunſt iſt, die eine ganze Nationalgeſchichte in ein paar kurze Lie= der zuſammenfaßt! Das ſind denn auch zugleich Volks= lieder, aus der großen Freiſchule, die zwiſchen Himmel und Erde, Berg und Thal von einem gehalten wird, der beſſer weiß, worauf es ankommt, als unſere päda= gogiſchen Künſtler.“

Allen voraus mit Sang und Lied ſchritt das kam= pfesfreudige, freilich auch rohe und ungebändigte Volk der Landsknechte, die bekannte Schöpfung des Kaiſers Maximilian, aus deren Mitte das heute noch ob ſeiner dramatiſchen Lebendigkeit und Wahrheit intereſſante Lied von der Schlacht bei Pavia erklang. Sie war „der höchste Triumph der deutschen Landsknechte, welche in derselben unter Georg von Frundsberg (im Liede: Herr Jörg) ihre Überlegenheit über die seit mehr als einem Jahrhundert für unüberwindlich gehaltenen Schweizer glänzend bethätigten. Das Lied atmet denn auch in jeder Strophe, fast möchte man sagen, in jeder Zeile die Siegesfreude und den Siegesstolz dieser Truppen, welche sich bis dahin, trotz des Tages von Marignano, von den Schweizern hatten auf die derbste Weise müssen verhöhnen lassen. Diese hellaufleuchtende Siegesfreude gibt denn auch dem Liede eine rasche Bewegung und eine Frische, die man nicht verkennen darf, wenn man gleich seinen sonstigen dichterischen Wert nur sehr mäßig anschlagen kann; es nähert sich das Lied in der Aufzählung so vieler Einzelheiten beinahe schon den bereits im 16. Jahrhundert zahlreichen, im 17. Jahrhundert noch häufiger werdenden Zeitungsliedern, welche die Begebenheiten in trockenster Prosa aufzählen; hier wird jedoch die Aufzählung an den meisten Stellen durch einen jedesmal beigefügten lebhaften Zug wieder gut gemacht. Durchaus volkstümlich, hat die Poesie der Landsknechte ihren eignen Reiz. Geldnot und reiche Plünderung, blutige Wunden und Verstümmelungen, das Schwelgen im Genuß und Wohlleben, ein jäher Tod auf dem Schlachtfeld und ein kurzes Liebesglück,

wie es dem durch alle Lande fahrenden Söldner be=
schieden war, der Ruhm ihrer Feldherren, denen sie
mit ganzer Seele ergeben waren, des Hohenzollern Eitel=
fritz, Heberlin, der Brüder Jakob und Max Sittich
von Ems, Georg und Kaspar von Frundsberg, Se=
bastian Schärtlin, Konrad von Boyneburg und Franz
von Sickingen, besonders aber „ihres lieben Vaters"
Georg von Frundsberg, boten wahrlich eine Überfülle
von Stoff zu Sang und Lied. Und wenn schon damals,
in Schlacht und Krieg, Reiter und Soldat gar oft ein
frisches Lied von Leid und Freud ihres Standes gesun=
gen hatten, so tönte noch vielmehr, als für sangeslustige
Menschen ein so übergewaltiger, die ganzen Grundlagen
alles menschlichen und bürgerlichen Daseins erschüttern=
der Stoff im dreißigjährigen Krieg gegeben war, das
Lied nur um so lauter und reichlicher, gesungen von
der bunten Schar aus aller Herren Ländern. Freilich
andre Gattungen unseres Volksliedes, das Liebeslied
und die Romanze hatten um diese Zeit längst ihren
Höhepunkt überschritten; aus der Jugend, der ja diese
angehören, war auch unser Volk in Kampf und Streit
ins Mannesalter übergetreten, und nicht mehr in sorg=
los=fröhlichem Dasein konnte es des Lebens und seiner
Freuden in Lust und Liebe genießen, Krieg und Fehde
waren weltbeherrschend geworden und vor ihnen zog
sich der leichte Sang zurück, um dem ernsten, gewichtig

einherschreitenden historischen Volkslied die Herrschaft
abzutreten. Ihm blieb fortan auch der Vorrang, und
während wir nun das sonstige Volkslied beinahe abgeschlossen vor uns haben, fließen dagegen dem historischen Volkslied immer neue und neue Quellen zu, also
daß es gleich einem mächtigen Strom dahinbraust, von
dessen Ufern Krieg und Kriegsgeschrei, Kanonendonner
und Siegesjauchzen bis zu uns herübertönen. Als der
dreißigjährige Krieg zu Ende war, als in unsrer deutschen Litteratur jene Periode begann, wo sich trockene
Gelehrsamkeit und pedantisch-nüchterne Reflexion breit
machten und sich für die echte und wahre Poesie aus-
gaben, da zog sich das frische Kind des Volkes scheu
und erschreckt zurück und verschwand für lange aus dem
Gesichtskreis der Deutschen. Nur die mannigfachen politischen Ereignisse boten da und dort noch Stoffe zu
einem Lied. Klagen über die Ohnmacht und Zerris-
senheit unsres deutschen Vaterlandes, die Türkenkriege
mit der Heldengestalt des Prinzen Eugen, die Persönlichkeit des großen Kurfürsten, der Fall Straß-
burgs, der nordische Krieg und der spanische Erbfolge-
krieg enthielten mannigfachen Stoff für das historische
Volkslied, und als dann die Zeit des siebenjährigen
Krieges hereinbrach, und die Wage des Kriegsglückes
sich bald nach der einen, bald der andern Seite hob
oder senkte, da fand die Sangeslust wiederum Nahrung

und in der Gestalt des Preußenkönigs eine Persönlich=
keit, die freilich selbst ohne jegliches Verständnis für
deutsche Poesie, doch für all die zahlreichen und die je=
desmalige Stimmung getreulich wiederspiegelnden Kriegs=
lieder den schönsten Mittelpunkt bildete. Nicht die von
Lessing so gelobten „Kriegslieder eines preußischen Gre=
nadiers", nicht die Oden eines Ramler, des von seinen
Zeitgenossen als moderner Tyrtäus Gepriesenen, um=
gaben den Heldenkönig mit einem solchen Schimmer
poetischer Verklärung und Verherrlichung, wie das
Kriegs= und Soldatenlied seiner Zeit gethan hat. „In
der That, ohne Kenntnis dieser echt volkstümlichen
Poesie, welche damals oft so lebendig bei Freund und
Feind sprudelte, erhalten wir auch kein allseitig getreues
Bild jenes merkwürdigen Krieges; und wer es weiß,
wie dergleichen Lieder mitten im Volksdrange der Er=
eignisse nur aus tief bewegter Brust hervorquellen, der
wird diese Lebenszeugnisse einer Zeit hoch anschlagen,
in der jahrelang so tödlich gegen einander ·gekämpft
wurde. Nicht die historischen Thatsachen in diesen Lie=
dern nehmen unsre Aufmerksamkeit zunächst in An=
spruch — diese sind oft höchst mangelhaft und unge=
nau darin angegeben, — sondern die Tüchtigkeit der
Gesinnung, ihre Begeisterung, ihr unerschütterlicher Mut
in allen Lagen, ihr unverwüstliches Siegesvertrauen auf
den überlegenen Feldherrngeist des obersten Kriegsherrn.

Eines so gesinnten Heeres bedurfte der große König, um das zu erreichen, was er so glorreich vollbrachte.

Für die Neuzeit bedurfte es der Stimme eines Mannes wie Herder, es bedurfte das Auftreten eines Goethe, um mit einem Male der staunenden Welt das Volkslied vergangener Zeiten vor Augen zu stellen, und ihr zu zeigen, was sie einmal gehabt habe, und was sie nun wiederum erst erwerben müsse. Das ging nun freilich nur Schritt vor Schritt! Spott und Hohn stellten sich hemmend und hindernd in den Weg. Es trat die Schreckensgestalt des ersten Napoleon auf, Deutschland lag in tiefster Schmach und Erniedrigung, und erst dreißig Jahre, nachdem Herder seine Stimme für das Volkslied erhoben, und Goethe sich freudig als seinen Schüler bekannt hatte, gelang es Arnim und Brentano mit ihrer Sammlung, demselben wieder Geltung und Wertschätzung zu erringen. Es fällt uns Kindern einer nüchternen und aller herzlichen Bewunderung gegenüber unerbittlich kritischen Zeit schwer, die Begeisterung zu begreifen, mit der diese Lieder, wie jede Entdeckung und Enthüllung unsrer Vergangenheit, in jenen Tagen begrüßt wurden. Und doch entsprang diese Arbeit und Freude nur dem Streben der Besten unter unserm Volk, über dem Anschauen und sich Versenken in eine der dunklen Gegenwart gegenüber nur um so hellere und freudigere Vergangenheit den Jammer und

das Elend, das damals über den deutschen Landen lag,
zu vergessen. Freilich auch dem kühnen und zuversicht-
lichen Hoffen, daß es ihnen gelingen werde, die alte
Kraft und Heldenhaftigkeit, die ihnen hier entgegentrat,
wieder wachzurufen zum Dienste der Freiheit und zur
männlichen Hilfe beim Sprengen der Bande, in denen
sie deutsches Herz und deutschen Sinn gefesselt sahen.
Man darf ja nur Namen nennen, wie die Grimm,
Uhland, von der Hagen, Meusebach, Görres, Arnim
und Brentano, um sich sogleich zu vergegenwärtigen,
wie diese alle, wenn auch von verschiedenen Richtungen
her, doch dem einen Ziele nachstrebten, das Arnims
Worte andeuten: „Etwas Höheres, das goldene Bließ,
das allen gehört, was den Reichtum unsres ganzen
Volkes bildet, wiederzufinden, das was seine eigne innere lebende Kunst gebildet, das Gewebe langer Zeit
und mächtiger Kräfte, den Glauben und das Wissen
des Volkes, was sie begleitet in Lust und Tod, Lieder,
Sagen, Kunden, Sprüche, Geschichten, Prophezeiungen
und Melodien. Wir wollen allen alles wiedergeben,
was im vieljährigen Fortrollen seine Demantfestigkeit
bewahrt, nicht abgestumpft, nur farbespielend geglättet
hat, was alle Fugen und Ausschnitte hat zu dem allgemeinen Denkmale des großen neuern Volks der Deutschen. Das Grabmal der Vorzeit, das frohe Mahl
der Gegenwart, der Zukunft ein Merkmal in der Renn-

bahn des Lebens. Wir wollen wenigstens die Grund-
stücke legen und, was über unsre Kräfte, andeuten,
im festen Vertrauen, daß die nicht fehlen werden, welche
den Bau zum Höchsten fortführen, und Der, welcher
die Spitze aufsetzt allem Unternehmen.“ — Es ist freilich von Männern, denen ein nüchternes wissenschaft-
liches Forschen und Sammeln mehr zu Gebot stand
als den beiden Romantikern, gerade auf dem Gebiete
des Volksliedes Bedeutenderes geleistet worden, und
eben die Periode von dem Erscheinen des Wunderhornes an bis herab auf die Gegenwart ist für das Volkslied wesentlich eine Zeit seiner Wiederbelebung und der
verschiedenartigsten Versuche von gelehrter und nicht gelehrter Seite, demselben die einstmals im Leben unsres
Volkes eingeräumte Stellung wiederum zu gewinnen.

Zweimal ward uns in diesem Jahrhundert die Gelegenheit zur Wiederbelebung des deutschen Volksliedes
gegeben. Einmal da, als der erste Napoleon, einem
Strafgericht Gottes gleich, emporstieg und mit eiserner
Macht seinem Willen Bahn brach. Lange lag sein
Druck auf dem deutschen Land und die Edelsten unter
uns mußten sich ihm beugen. Aber als nun der
Sturm gegen ihn losbrach, als die Flammen begeister-
ten Zornes emporschlugen, da leuchteten sie wohl auch
grell hinein in das tiefe Dunkel unsres Lebens und
aus allen Gauen ertönte der Ruf nach einer Wieder-

belebung dessen, was einem Volke allein seine dauernde
Kraft geben kann, nach einem nationalen Bewußtsein.
Aber das Volk selbst blieb stumm in diesen Tagen der
Begeisterung, es lauschte wohl den Liedern seiner Dich=
ter und sang sie mit, aber es hatte die Kraft nicht
mehr, aus sich selbst heraus mit frischem fröhlichem
Sang zu künden, was ihm Herz und Sinn bewegte.
Man vernahm wohl manches Lied für das Volk, aber
kein Volkslied mehr. Und stumm blieb es die langen
Jahre hindurch; die Träume waren verschwunden, die
Begeisterung war verflogen, und mit ihr verloren das,
was man von ihr erhofft hatte. Es kam eine Zeit,
da Deutschland wiederum mit seinem Erbfeinde rang,
und in einer Reihe glänzender Siege die Schmach von
Jahrhunderten mit Blut abwusch, — wir sahen in ge=
waltigen Schlachten die Söhne unsres Landes kämpfen
und fallen! Die Begeisterung schwang sich in dieser
Zeit in kühnem Fluge empor. Aber haben wir unter
all den Liedern und Sängen, die zur Ehre unsres
siegreichen Heeres ertönten, auch nur eines vernommen,
das ein Volkslied gewesen wäre; das keck und kunstlos
ersonnen, hinausgeklungen wäre, sich von Mund zu
Mund und von Herz zu Herzen fortpflanzend? Die
daheim blieben, haben wohl manches Lied erdacht und
gesungen, das groß und herrlich einherklang; aber es
reichte nicht hinaus ins Feld und ins Lager; es war

fein Lied für die einsame Feldwacht ober eine fröhliche
Genossenschaft. Nicht einmal das Lied von der Wacht
am Rhein möchte ich ein Volkslied nennen; es lag
wohl auf allen Lippen und klang von aller Munde,
aber ist es ein Volkslied? Nimmermehr! Seine Ge=
danken und Bilder sind poetisch, aber sie sind modern;
seine Sprache ist eine prächtige, aber nicht die des Man=
nes aus dem Volk; seine Wirkung ist eine begeisternde,
aber keine nachhaltige, die jener schlichte Sang hat.
Wir haben ja wohl eine ganze Reihe sogenannter
Volkslieder aus unsrer Zeit, d. h. Lieder, die aus der
modernen Gesellschaft hinaus auch ihren Weg ins Volk
gefunden haben. Aber geprüft mit Ernst und Unbe=
fangenheit und gemessen an dem echten und wahren
Volkslied, stehen sie diesem gegenüber wie ein totes
Bild der lebenden Natur! Wir haben noch wirkliche
und echte alte Volkslieder, aber diese haben ihren Bo=
den verloren, und anstatt draußen in Wald und Feld
oder daheim in der Spinnstube erlönen sie als Pracht=
und Prunkstücke in den Salons vor einer Zuhörerschaft,
die allem andern ein besseres und innigeres Verständ=
nis entgegenbringt als dem Leben des Volkes und sei=
nen Gefühlen, die in diesen Liedern ihren echtesten
Ausdruck gefunden.

Vieles ist seit Herder und dem gemeinsamen Wir=
ken von Arnim und Brentano für das Volkslied, das

Bermächtnis vergangener Zeiten, gethan worden. Die
Forschung und Ergründung der alt= und mittelhoch=
deutschen Sprache und Litteratur, wie sie, namentlich
auch durch die Romantiker angeregt, durch die Gebrüder
Grimm zu einer selbständigen Wissenschaft ausgebildet,
und von Männern wie Uhland fortgehegt und gepflegt
wurde, hat sich mit besonderer Vorliebe auch dem Volks=
lied zugewandt, und hier eine Reihe von Sammlungen
ans Tageslicht gebracht, die uns den besten Einblick
in den Reichtum auf diesem Gebiete verschaffen. Neben
Uhlands „Sammlung alter hoch= und niederländischer
Volkslieder", mit seiner herrlichen Abhandlung über die=
selben, neben den schon früher erschienenen Sammlungen
von Büsching und von der Hagen, von Görres und
andren waren es in der neueren Zeit namentlich Simrock,
Scherer, Hofmann von Fallersleben, Vilmar mit seinem
Handbüchlein, von Ditfurth mit seinen Sammlungen aus
verschiedenen Jahrhunderten und Gebieten, Rochus von
Liliencron mit seiner durch treffliche Einleitungen und
historische Schilderungen in sich verbundenen Sammlung
des historischen Volksliedes der Deutschen vom 13. bis
16. Jahrhundert, und Böhme mit seinem altdeutschen
Liederbuch, die sich auf diesem Gebiet unsrer Natio=
nallitteratur hervorragende Verdienste erworben haben.
Nicht geschmälert soll dadurch Lob und Ruhm derje=
nigen werden, die sich auf einzelne Stämme und Ge=

biete in unſerm großen deutſchen Vaterland beſchrän=
tend, bewieſen haben, daß auch da und dort noch die
alten Weiſen und Töne erklingen, und daß in deut=
ſchem Sinn und Gemüt auch heute noch etwas fort=
lebt, das, durch aufmerkſame Pflege gehoben und geför=
dert, ſchöne Früchte in Sang und Lied zeitigen könnte.
Da iſt die Sammlung von Volksliedern aus dem Oben=
wald, welche Major Wilhelm von Plönnies in Darm=
ſtadt veranſtaltete, Tobler mit ſeiner Sammlung ſchwei=
zeriſcher Volkslieder, Birlinger und Ernſt Meier mit be=
nen aus Schwaben, Schade mit Thüringen, Grün mit
Krain, Kobell mit Oberbaiern, Ranl mit dem Böh=
merwald, Stöber mit Elſaß, und noch ſo manche an=
bre, die teilweiſe auch dem muſikaliſchen Element im
Volksliede eine beſondere Aufmerkſamkeit geſchenkt haben
und bemüht geweſen ſind, die urſprünglichen Melobieen
zu erforſchen und wieder herzuſtellen.   Daß da, wo es
ſich um die Melobieen zu Volksliedern handelt, die
Namen eines Silcher und Erk, des erſtern mit ſeiner
„Sammlung deutſcher Volkslieder“ und des letztern
mit ſeinem „Lieberhort“ und ſeinen „deutſchen Volks=
liebern mit ihren Singweiſen“ ſowie ihren eignen, aus
dem Stubium des Volksliedes hervorgegangenen Kom=
poſitionen nicht vergeſſen werden dürfen, iſt ja wohl
ſelbſtverſtändlich.   Wir würden ja ein weſentliches Ele=
ment im deutſchen Volkslied überſehen, wenn wir ge=

rabe den mufikalifchen Teil mit Stillfchweigen über=
gehen wollten, und ich verweife zur nähern Orientie=
rung hierüber auf das fchon oben erwähnte altdeutfche
Liederbuch von Böhme mit feiner diesbezüglichen Ein=
leitung. Ambros in feiner Gefchichte der Mufik gedenkt
in begeifterten Worten des Volksliedes: „In der Ge=
fchichte der europäifch=abendländifchen Mufik ift das
Volkslied von höchfter Wichtigkeit: es bildet neben dem
Gregorianifchen Gefange die zweite Hauptmacht. Es
war der unerfchöpfliche Hort, dem die größten Meifter
des Tonfatzes die Melodieen entnahmen, welche fie
nicht blos weltlich zu kunftvollen mehrftimmigen Liedern
ausbildeten, fondern auf welche fie felbft geiftliche Ton=
ftücke der größten und ernfthafteften Art, ganze Mef=
fen u. f. w. aufbauten. Der Gregorianifche Gefang und
das Volkslied waren fichere Führer und bewahrten die
Kunft vor der Gefahr, fich ins Ziel= und Bodenlofe
zu verlieren."

Ebenfowenig darf aber hier ein noch nicht erwähn=
ter Zweig des Volksliedes vergeffen werden, das geift=
liche Volkslied. Sein Verhältnis zum Kirchenlied ift
fchwer zu beftimmen. Denn nicht alle Kirchenlieder,
fondern nur ein fehr kleiner Teil der Gefangbuchstexte,
und zwar niemals die dogmatifchen Lehrgedichte, wur=
den vom Volk aus freiem Antrieb gefungen; fie waren
von Geiftlichen für den Kultus gedichtet. Wenn aber

ein geistliches Lied auch außerhalb des Kultus Existenz
im Munde des Volkes erworben hatte, in fliegenden
Blättern verbreitet ward, so darf man annehmen, daß
es ein wirkliches geistliches Volkslied war. Der tief=
religiöse Sinn der Deutschen hat das geistliche Lied
volkstümlich gemacht. Sein Stoff ist zwar fremdartig,
von außen in das Volksbewußtsein hineingetragen, gleich=
wohl hat das poetische Volksgemüt denselben (mit einer
gewissen Beschränkung und Ausscheidung alles rein Dog=
matischen und Kirchentümlichen) für seinen Bedarf her=
angezogen, und sich zurecht gelegt. Nur das, was von
der Kirche nicht in ihren unmittelbaren Dienst gezogen
ist, sondern wie ein Waldbruder im Freien lebt, kann
man geistliches Volkslied nennen. Es ist zum Teil
von hohem Alter und manches davon gehört zu den
duftigsten Blüten des Volksgesanges.

Frühzeitig, schon im 9. Jahrhundert, treten neben
den uns nur aus historischen Zeugnissen bekannten, aber
in Text und Weise verloren gegangenen weltlichen
Volksliedern auch geistliche hervor, die zwar nicht zum
Gebrauch in der Kirche bestimmt waren, wohl aber bei
allerlei ernsten Gelegenheiten (Wallfahrten, Bittgängen,
Reisen, Kreuzzügen) häufig Anwendung fanden. Auch
Ketzer und Mystiker rechneten gern auf des Volkes Nei=
gung zum Gesang, und suchten durch Liedform ihren
Lehren Eingang zu verschaffen. Wirksamer erwiesen

sich im 14. Jahrhundert die Lieder der Geißler oder Flagellanten; der durchs ganze Mittelalter sich hinziehende mönchische Glaube, daß durch den Kampf mit der sinnlichen Natur die Seele den Eingang zum himmlischen Reiche gewinne, — ferner die biblische Geschichte, die Heiligenlegende und der Preis der wunderthätigen Mächte füllt beinahe allein den frühesten geistlichen Volksgesang, und gibt ihm eine lähmende Düsterheit, die bis zur Reformation vorherrscht.

Anfänglich war der christliche Stoff blos Gegenstand der lateinischen und deutschen Kunstdichtung in Klöstern; das Volk hatte keinen Anteil am Gesang im katholischen Kultus, sondern sang lange Zeit bei festlichen Gelegenheiten nur sein „Kyrie eleison". Im 12. Jahrhundert und den folgenden Zeiten werden jedoch deutsche geistliche Lieder und Weisen vor der Schlacht angestimmt, weil der gute Christ im Namen Gottes streitet. „Kyrie eleison". klang es vor dem Zusammenschlag der Schwerter. — Als der kirchliche Zwang abgestreift, und der Deutsche inne wurde, daß er die Gottheit in seiner Muttersprache anbeten dürfe, kehrte sich die Volksdichtung dem Religiösen zu. Schon im 15. Jahrhundert wurden lateinische Kirchengesänge in deutsche Sprache umgedichtet, und zur Privaterbauung auch schon einzelne an hohen Kirchenfesten gebraucht. Mehr Poetisches und Begeisterndes für die Gemüter

brachte die Reformationszeit.. Luthers Psalmen und
geistliche Lieder wurden allgemein verbreitet und viel
gesungen. Diesem teuren Gottes- und Volksmann dich-
tete in jener bewegten Zeit der gemeine Handwerks-
mann nach: der Kirchengesang war jetzt zugleich Volkslied geworden, und das um so rascher und leichter,
weil man zum großen Teil die geistlichen Lieder auf
weltliche Volksweisen oder auf ihnen nachgeformte neue
Melodieen sang. Die geistlichen Lieder ertönten bei
den Geschäften des bürgerlichen Lebens früh und abends;
auf allen Straßen und Märkten, wie bei Hausandach-
ten hörte man seit jener Zeit geistlichen Liedergesang.

Eine Flut geistlicher Lieder ergoß sich. Das Buch,
in welchem man sie auffing, hieß schlechtweg Gesang-
buch. Viele dergleichen Lieder drücken die innigste Andacht und frommes Gebet aus, andre dagegen sprachen
in Versen den heftigsten Abscheu vor dem papistischen
Götzendienst aus, und hatten den Zweck, einzuwirken
auf die Festhaltung und Verbreitung der beseligenden
evangelischen Lehre. Am wärmsten und erhabensten unter den geistlichen Liedern sind diejenigen, welche zur
eignen Stärkung des Dichters in der Trübsal des
schweren Glaubensdruckes entstanden. Diese Stimmung
hielt bis tief ins 18. Jahrhundert an, verlor aber allmählich an Schwung und Feuer. Der Stoff war nach
hunderttausendfacher Ergießung immer über denselben

Gegenstand erschöpft, und die fromme Gesinnung hatte nachgelassen.

Wenn auch Historiker und Sammler einen Unter= schied zwischen geistlichen und weltlichen Volksgesängen machen, das Volk kannte ihn nicht, wenigstens nicht bis zum 16. Jahrhundert, als die Kirche erst diese Scheidung vornahm. Bei seinem naiven Schaffen wirft es Geistliches und Weltliches durcheinander, wie eben der Strom seines Gefühls im Moment des Schaffens es mit sich bringt. Darum ist es auch erklärlich, daß zwischen geistlichen und weltlichen Liedern eine ununter= brochene Wechselwirkung stattfand, dergestalt, daß welt= liche Lieder zu geistlichen umgedichtet, zuweilen auch geistliche travestiert und oft ganz weltlichen Liedern am Schluß fromme Wünsche angehängt wurden. Geistliche Umdichtung weltlicher Lieder im 15. und 16. Jahrhun= dert ist eines der interessantesten Kapitel in der Ge= schichte des deutschen Volks= und Kirchenliedes. Sie geschah großenteils um der Melodieen willen. Bis auf den heutigen Tag haben sich in katholischen Gegenden Deutschlands geistliche Volkslieder erhalten, besonders in den Ländern rechts der Donau, wo der Gemeinde= gesang noch nicht in den Kultus aufgenommen ist, so= wie in den Rheinlanden und Westphalen. Es sind Weihnachts= (oder Kindelwiegen=), Marien= und Hei= ligenlieder, zur Wallfahrt und häuslichen Andacht be=

stimmt. Im Volke selbst entstanden, vom Volke erhalten und durch fliegende Blätter bewahrt, tragen
diese Lieder ganz das Gepräge der echten Volksgesänge.
Ihre Melodieen sind nach Art und Form der weltlichen gebildet, zuweilen sind es sogar nur Umbildun-
gen weltlicher Lieder mit Beibehaltung der weltlichen
Singweise. — Das katholische geistliche Volkslied ist
ein edler, aber halb abgestorbener Zweig der Volksdichtung, und es ist auch nicht zu beklagen, wenn
manche dem dunkeln abergläubischen Mittelalter ange-
hörenden Gesänge aus dem Volksbewußtsein immer mehr
verschwinden. Die geistige Atmosphäre, die ihnen Entstehung gab, ist eine veränderte, ihnen nicht zuträgliche
geworden, darum finden auch die vom Klerus in Szene
gesetzten Wundererscheinungen keinen Glauben und jene
auf solches Gaukelwerk von geistlichen Wundermäch-
ten oder alten Heiligensagen ersonnenen Lieder keinen
Anklang mehr. Des Protestanten herrliches und reich
angebautes Volkslied ist sein evangelischer Choralgesang,
jene herrliche Frucht und Schöpfung der Reformation.
Mehrere unter den evangelischen Chorälen, die ganz
ins Volksgemüt eingedrungen und bei allen vorkommen-
den Festgelegenheiten zum Weihealt öffentlich von der
Menge angestimmt wurden und noch werden, z. B. „Eine
feste Burg“, „Befiehl du deine Wege“, „Was Gott
thut, das ist wohl gethan“, darf man unbedenklich zu

den geiſtlichen Volksliedern der Proteſtanten zählen. Auch dem geiſtlichen Volksliede wurde in neuerer Zeit eine beſondere Pflege zu teil. Ich nenne hier nur beiſpielsweiſe Wackernagels „Kleines Geſangbuch geiſt= licher Lieder", Mützells „Geiſtliche Lieder der evangeli= ſchen Kirche aus dem 16. Jahrhundert", Tuchers „Schatz des evangeliſchen Kirchengeſangs", „Zionsharfe, ein Cho= ralſchatz aus allen Jahrhunderten und von allen Kon= feſſionen" und Hommels „Geiſtliche Volkslieder aus alter und neuer Zeit mit ihren Singweiſen." —

Eine lange Reihe von Jahren iſt ſeit dem Er= ſcheinen des „Wunderhornes" dahingeſchwunden. Die Männer, die als die Begründer deutſcher Geſchichts= ſchreibung und Sprachwiſſenſchaft die Erfüllung ihrer Träume von der allernächſten Zukunft erwarteten und dieſe als beſtes Erbe ihren Nachkommen hinterließen, ſind dahingegangen, und erſt die Gegenwart ſah das herrlich auferſtehen, wofür ſie gekämpft und gelitten. Aber in dem langen und ſchweren Ringen bis zu die= ſer endlichen Erfüllung einer Hoffnung, die ihre beſte Nahrung aus dem Mittelalter gezogen hatte, ſind auch wir andre geworden, nicht allein in unſrer politiſchen Machtſtellung, ſondern auch in dem Beſten, was wir beſitzen, in unſerm Denken und Glauben. Ja wir müſſen es, da wir es ja mit dem Volke und ſeinem Leben in Lied und Sang zu thun haben, ſagen: auch mit ihm ist eine Veränderung vor sich gegangen, der gegenüber wir den Ausdruck schmerzlichen Bedauerns nicht unterdrücken können. Allem, was der Vergangenheit unsres Volkes angehört, müssen wir heute, der Zeitströmung und ihren Forderungen folgend, erst das Recht seiner Fortexistenz und seines Wertes für die Gegenwart erweisen und ihm damit gleichsam ein neues Leben in neuen Verhältnissen erringen. So sind wir auch angesichts der Stellung, die gerade das Volk, im besten und edelsten Sinn des Wortes genommen, zu diesem seinem eigensten Eigentum einnimmt, gezwungen, ihm das Bewußtsein seines Wertes beinahe aufzunötigen. Gerade die Kreise, in denen das Volkslied einst seine freundlichste und fröhlichste Pflege fand, sind ihm entfremdet worden; die Menschen, die einst so manches frische und kräftige Lied mitsammen ersonnen und gesungen, haben die Kraft hiezu verloren, und die Töne vergessen, die in diesen Klängen zusammenklangen. So mögen wir uns wohl fragen, wo die Begeisterung, mit der damals das wiedererstandene Volkslied begrüßt wurde, geblieben, und es mag uns wohl ziemen, zu bedenken, wie wir dieses Erbe unsrer Väter verwaltet haben. Man meint in manchen Zügen eine Schilderung der Gegenwart zu hören, wenn man die Worte liest, mit denen seiner Zeit die Heidelberger Jahrbücher das „Wunderhorn“ und seine Volkslieder

empfahlen. „Unsere Tage, die nur im politischen En=
thusiasmus etwas Tüchtiges, allgemein Einschneidendes
gewirkt, haben auch nur einen.tüchtigen Gassenhauer,
den Marseiller Marsch, hervorgebracht, der die Fran=
zosen zu Schlacht und Sieg begeisterte, während die
Deutschen „Freut euch des Lebens" girrten, und damit
aus der Ferne schon die Genußraserei begrüßten, die
bald an die Stelle der kurzen Anstrengung treten sollte.
Mit den Kleidermoden trat auch die individuelle Poesie
der höheren Stände zum Volk herab, und Opern=Arien,
Moralien, Almanachslieder schwimmen im bunten Ge=
mische durcheinander; es ist nichts Nationales und Cha=
rakteristisches mehr im Volksgesang. Darum haben die
Herausgeber des Wunderhorns die Bürgerkrone verdient
um ihr Volk, daß sie retteten vom Untergang, was
sich noch retten ließ."

Wie die schon oben angeführten Worte Goethes aufs
schönste darthun, gebührt dem Volkslied als einem Teil
unsrer selbst die würdigste Stelle im Hause, und wenn
er ihm einen Platz neben dem Gebetbuch anweist, so
ahnen wir, daß hier der innige Zusammenhang zwischen
Glauben und Leben im Volke auf die sinnigste Art aus=
gedrückt ist. Auch hier tönt uns ja, wenn wir es nur
hören und verstehen wollen, das Wort entgegen, das
dem Christen immer ein Wegzeiger sein wird, und dem
die Reformation den schönsten Ausdruck gegeben hat:

„Alles ist Euer". Es muß nicht ein ausgesprochen religiöses Volkslied sein; ein fröhlicher Sang von Lieb und Leid, von Gottes schöner weiter Welt, und vom frischen Wandern im hellen Sonnenschein, oder wehmütige Töne von dem Welken der Blumen und der Macht des Todes auf Erden, sind nicht weniger ein Lob zu Gottes Ehren. Darum auch jene tiefergreifende Macht, die in dem Volksliede liegt, weil uns aus ihm allüberall und jederzeit ein Hauch des Friedens und der Versöhnung entgegenweht, weil es in des Herzens tiefstem Grunde ein Sehnen wachruft nach etwas, das uns die Welt mit ihrem verworrenen Treiben und Hasten niemals zu bieten vermag. Selbst da, wo es in den Trauerton des Meidens und Entsagens ausklingt, wo ihm die Klage über des Todes Allgewalt die erschütterndsten Töne abzwingt, und ihm das Blühen und Welken in der Natur nur ein Sinnbild des menschlichen Daseins ist, selbst hier ist es nicht ein stummes und hoffnungsloses Verzichten und Trauern. Es ist als ob das Auge hinter dem Dunkel schon das Morgenrot eines ewigen Lebens gewahrte, als ob selbst auf das offene Grab, in das sie das Liebste, was uns Gott gegeben, versenkt haben, ein Strahl des ewigen Lichtes fiele und die Trauer verscheuchte. Und noch da, wo der Tod in Sünde und Not nur ein gerechter Richter ist für jugendliche Thorheit und Frevel, wo wir meinen

den letzten verzweifelten Aufschrei eines Sterbenden zu
hören, am Schlusse eines verfehlten und verirrten Le=
bens klingt ein milder Ton von Liebe und Treue, die
übers Grab hinausdauert, wie in dem in seiner Kürze
so gewaltig packenden Liede:

> Es fiel ein Reif in der Frühlingsnacht,
> Er fiel auf die zarten Blaublümelein,
> Sie sind verwellt und verdorret.
>
> Ein Knabe hatte ein Mägdlein lieb,
> Sie flohen heimlich von Hause fort;
> Es wußt's nicht Vater noch Mutter.
>
> Sie sind gewandert ins fremde Land,
> Sie haben gehabt weder Glück und Stern;
> Sie sind verdorben, gestorben.
>
> Auf ihrem Grabe Blaublümlein blühn,
> Umschlingen sich treu wie sie im Grab,
> Der Reif sie nicht wellet noch dörret.

Die Freude aber und der Humor, so wie sie ihren
Ausdruck im Volkslied finden, sind echt christlich und
die treffendsten Beweise für die befreiende und erlösende
Macht des Christentums. Es ist eine gar oft und viel
gemachte Erfahrung, daß der liebenswürdigste Humor
und der herzlichste Ton der Freude zumeist seine Heim=
stätte da hat, wo der Geist christlicher Liebe und Hoff=
nung festen Grund und Boden gefunden hat. Dieser
Humor sucht das ihn umgebende Leid nicht als lästig

und hindernd von sich wegzustoßen, er läßt es auch
nicht ruhig neben sich bestehen, sondern will mit seinem
milden und erheiternden Lichte auch hier helfen und
trösten. Nicht hervorheben und einander gegenüberstellen
will er die Gegensätze im menschlichen Leben, er will
so gerne vermitteln und versöhnen, er lächelt unter
Thränen und weint im Glücke, er ist der gute Geselle,
der dem Wanderburschen beim Abschied aus der Hei=
mat die Thränen trocknet, der ihm, wenn den Einsa=
men in der Ferne das Heimweh überkommen will,
milde und zärtlich, wie eine Mutter ihrem Kinde, über
Haar und Stirne streicht, und ihm die traurigen Ge=
danken aus Herz und Sinn treibt. Dabei waltet im
Volkslied jener echt kindliche Sinn, jene Naivität, die
auch da, wo sie scheinbar verfängliche Dinge nennt,
ihre Unschuld und natürliche Unbefangenheit einsetzt, und
damit von vornherein jedem Verdacht der Frivolität
die Spitze abbricht. Insonderheit haben sich Glaube
und tiefchristliches Bewußtsein mit dem Volksliebe aufs
innigste verwoben. Im schönsten Lichte zeigt der fromme
Sinn des Volksliedes sich da, wo dasselbe sich der Le=
gende und frommen Sage bemächtigt, oder wo es Gott
in seinen Wunderwerken preist; und den überreichen
Stoff, den es hier vorfindet, behandelt es überall so
sinnig und so poetisch, daß wir auch hier, auf einem
Gebiete, wo sich das protestantische Bewußtsein sonst

4*

nicht ganz heimisch fühlt, uns gerne dem Gefühle ech=
ten Behagens hingeben. Das heidnische und christliche
Element im Kampfe, wie es die Kunde von den Kreuz=
zügen so nahe legte, und der triumphierende Sieg des
letztern, die Geschichte des jungen Christentums mit
seinen Kämpfen und Märtyrern ließen das Volkslied
so aus dem Vollen schöpfen, boten seiner Phantasie
einen so großen Spielraum, daß es immer wieder gern
dorthin zurückkehrte. Es finden sich hier, wo uns die
Gestalt Jesu im Glanze des triumphierenden Erlösers
entgegentritt, Töne von solcher Innigkeit und selbst=
losem Glauben, der Drang, der die nach Wahrheit
ringende Seele zu Jesus und zum Frieden im Christen=
tum und seinem Glauben führt, findet einen solch über=
wältigenden Ausdruck, daß wir einen kräftigern Beleg
auch für die poetische Kraft und Wahrheit, die im
Christentum liegt, nicht leicht finden werden. Als
Probe für das Gesagte mag das Lied von „des Sul=
tans Töchterlein und dem Meister der Blumen" gelten,
einem alten fliegenden Blatt aus Köln:

> Der Sultan hat ein Töchterlein,
> Die war früh aufgestanden,
> Wohl um zu pflücken die Blümelein
> In ihres Vaters Garten.
>
> Da sie die schönen Blümelein
> So glänzen sah im Taue:

„Wer mag der Blümelein Meister sein"
Gedachte die Jungfraue!

Er muß ein großer Meister sein,
Ein Herr von großen Werken,
Der da die schönen Blümelein
Läßt wachsen aus der Erden.

Ich hab' ihn tief im Herzen lieb,
O dürft ich ihn auch schauen!
Gern ließ ich meines Vaters Reich
Und wollt sein Gärtlein bauen.

Da kam zu ihr um Mitternacht
Ein heller Mann gegangen,
„Thu auf, thu auf, viel schöne Magd
Mit Lieb bin ich umfangen."

Und schnell die Magd ihr Betteln ließ,
Zum Fenster thät sie gehen,
Sah Jesum, ihr vielschönes Lieb,
So herrlich vor sich stehen.

Sie öffnet ihm voll Freudigkeit,
Sie neigt sich tief zur Erden,
Und bot ihm freundlich gute Zeit
Mit sittsamen Geberden.

„Woher, wohin, o Jüngling schön?
In meines Vaters Reichen
Mag keiner dir zur Seite gehn,
Sich keiner dir vergleichen."

„Viel schöne Magd, du dachtest mein,
Um dich bin ich gekommen;

Aus meines Vaters Königreich,
Ich bin der Meister der Blumen."

„O Herr, o Herr, wie weit, wie weit
Ist's zu des Vaters Garten?
Dort möcht ich wohl in Ewigkeit
Der schönen Blumen warten."

„Mein Garten liegt in Ewigkeit
Und noch viel tausend Meilen,
Da will ich dir zum Brautgeschmeid
Ein Kränzlein rot erteilen."

Da nahm er von dem Finger sein
Ein Ring von Sonnengolde
Und fragt, ob Sultans Töchterlein
Sein Bräutlein werden wollte.

Und da sie ihm die Liebe bot,
Sein Wunden sich ergossen:
„O Lieb, wie ist dein Herz so rot,
Dein Hände tragen Rosen."

„Mein Herz, das ist um dich so rot,
Für dich trag' ich die Rosen,
Ich brach sie dir im Liebestod,
Als ich mein Blut vergossen.

Mein Vater ruft, nun schürz dich traut,
Ich hab dich lang erfochten."
Sie hat auf Jesus Lieb vertraut,
Ihr Kränzlein war geflochten.

Sie gingen einen langen Weg,
Wohl durch die blauen Heiden;

Sie kamen vor des Himmels Thür,
Da wollte Jesus scheiden.

Mein bester Jesus, edler Hort,
Muß ich von dir nun scheiden,
Das sind mir sehr betrübte Wort,
Vor Trauer muß ich weinen.

Herr Jesus stille von ihr ging,
Gar traurig thät sie sinnen,
Ihr Aug' voll heißen Thränen hing,
Daß Jesus war von hinnen.

Sie klopft so leise an die Thür,
Und sprach mit guten Sinnen:
„Thut auf die Pfort und laßt mich ein,
Mein Liebster ist dadrinnen."

Jesus empfing sie freudenreich
Mit guten Melodeien,
Er bracht sie in seines Vaters Reich,
Des thät die Magd sich freuen.

Sie gingen durch ein großes Thor,
Worauf die Weltgeschichten
Aus Sonnengold gestellet vor
Und alles stand im Lichten.

Auf Wolken schöne Engel schnell
Sich schwungen bunt in Flügeln,
Wie Hirten, die am Morgen hell
Sich grüßen von den Hügeln.

So war Musik da überall,
Doch auf dem Regenbogen

Da war der allerschönste Schall
Von ihrer Thrän gezogen.

Gott Vater saß da in dem Licht,
Das sie so hell erhalten:
Den klugen Jungfraun nichts gebricht,
Sie können nicht veralten.

Und wiederum hat das Volkslied in diesem seinem
Zweige für das Erhabene und Erschütternde so gewal=
tige Töne zu finden gewußt, daß es ohne Scheu sich
neben die Gesänge der Bibel stellen darf. Da ist
z. B. das Erntelied des Todes:

Es ist ein Schnitter, der heißt Tod,
Hat Gewalt vom großen Gott,
Heut wetzt er das Messer.
Es schneid't schon viel besser,
Bald wird er drein schneiden,
Wir müssens nur leiden,
Hüt' dich, schönes Blümelein!

Was heut noch grün und frisch dasteht
Wird morgen schon hinweg gemäht,
Die edle Narcissel,
Der englische Schlüssel,
Die schön Hyacint,
Die türkische Bind.
Hüt' dich, schönes Blümelein.

Viel hunderttausend ungezählt
Was noch unter die Sichel fällt:
Rot Rosen, weiß Lilien,
Beid wird er austilgen.

Ihr Kaiserkronen,
Man wird euch nicht schonen,
Hüt' dich, schönes Blümelein.

Das himmelfarbe Ehrenpreis,
Die Tulpanen gelb und weiß,
Die silbernen Glöckchen,
Die gülbenen Flöckchen
Sinkt alles zur Erden;
Was wird nun draus werden?
Hüt' dich, schönes Blümelein!

Ihr hübsch Lavendel, Rosmarein,
Ihr vielfarbige Röselein,
Ihr stolzen Schwertlilien,
Ihr krausen Basilien,
Ihr zarten Violen,
Man wird euch bald holen.
Hüt' dich, schönes Blümelein!

Aus Seiben ist der Fingerhut,
Aus Sammet ist das Wohlgemut;
Noch ist er so blind,
Nimmt was er findt,
Kein Sammet, kein Seiben
Mag ihn vermeiden.
Hüt' dich, schönes Blümelein!

Trotz Tod! Komm her, ich fürcht dich nicht,
Trotz! eil daher in einem Schritt!
Werd ich auch verletzet,
So werd ich versetzet

In den himmlischen Garten,
Auf den alle wir warten!
Freu' dich, du schönes Blümelein.

Wollen wir nun die Bedingungen, die für das
Blühen des Volksliedes vorhanden sein müssen, uns
vorhalten, so müssen wir, ausgehend von dem schon
etliche Male hervorgehobenen Gedanken, daß dem Volksliede seine eigentliche Heimstätte im Schoß der Familie
und damit im deutschen Hause gezieme, so unbefangen
als möglich der Familie der damaligen Zeit näher treten.
Ich gestehe, daß ich mich hier gerne und willig der
Führung eines auf diesem Gebiete wohlbewanderten, manchem vielleicht etwas zu ideal denkenden Manne über-
lasse, Wilhelm Heinrich Riehl, der in seinen Büchern
über die bürgerliche Gesellschaft und namentlich über die
Familie uns in einer so liebenswürdigen und beher-
zigenswerten Weise die Gegensätze von einst und jetzt
auf diesem Gebiet gegenübergestellt hat. Was das Mittelalter vor unsrer Zeit voraus hatte, war das Besitz-
tum einer echten und starken Familienhaftigkeit, von
der sich nur noch kümmerliche Überreste in unsrer Zeit
vorfinden. Diese Familienhaftigkeit mochte wohl der
ganzen Zeit und ihrem Ringen manchmal ein Hemm-
nis sein, sie mochte mit deutscher Zähigkeit und Eigen-
sinn festhalten an alten Traditionen und Gebräuchen;
sie bot aber auf der andern Seite wiederum einen so

sichern und festen Boden, und verlieh dem einzelnen
ein so starkes und fröhliches Selbstvertrauen, weil er
in sich nicht eine einzelne Persönlichkeit, sondern einen
ganzen Stamm vertreten mußte. Die Familie aber
war die Erzeugerin der Sitte, und gerade die Sitten,
in ihr entstehend und von ihr ausgehend, sind es zumeist, die uns mit so manchen Schäden und Nachteilen
des Mittelalters versöhnen. Denn wie uns schon das
mittelalterliche Haus in seinem Innern und Äußern
einen, wir möchten sagen, solidern Eindruck macht,
als das trotz aller Kunst und allen Schmuckes, ja vielleicht gerade deswegen, ungemütliche moderne Haus, so
war es eben damals die sich von Familie zu Familie
und von Gesellschaft zu Gesellschaft fortpflanzende Überlieferung, in deren Pflege sich die Mitglieder so fest ver-
banden, daß von einer Abschließung des einzelnen, ja
von einem Aufkommen einer andern Autorität neben
der des väterlichen Oberhauptes nimmermehr die Rede
sein konnte. In diesem stellte sich die Sitte des Hauses und seine Geschichte dar; nicht nur war es dieses Oberhaupt, welches der Familie den Unterhalt und
die Nahrung verschaffte, das sie in allem mit seiner
ganzen Würde und seinem Ansehen vertrat: in seinen
Händen lag auch die Hut und Pflege des alten Fami-
liengeistes und gab ihm das Recht einer unbedingten
Herrschaft über alle andern Glieder. Und fest und

kräftig, wie die Gestalt des Mannes selbst, ernst und feierlich wie der Eindruck des Hauses mit seinem dunkeln Getäfel und seinem ganzen Zierrat, war auch der Geist, der darinnen herrschte. Wenn uns auch Thun und Handeln, Denken und Reden dieser Menschen manchmal etwas schwerfällig vorkommen will, hinter dieser Langsamkeit steht ein Mann mit seinem ganzen Willen, mit seinem ernsten und aufrichtigen Streben nach Gründlichkeit und Sicherheit für sich und die Seinen. Er will nicht in kühnem Hasten und Jagen nur Steine auf Steine türmen und seinen Ehrgeiz befriedigen mit äußerlichem Glanz und blendender Pracht. Er freut sich mit herzlichem Behagen bedächtig und gemächlich einen Bau zu schichten, der späteren Geschlechtern ein beredtes Zeugnis geben soll von einer äußerlich vielleicht geistig ärmer scheinenden, aber in ihrem innersten und tiefsten Gehalt nur um so reichern und glücklichern Zeit. Und so wie ihm alles, was er thun und treiben mochte, nicht ein Spiel oder eine augenblickliche Befriedigung war, sondern erst dann für ihn und seine Existenz einen Wert erhielt, wenn er dasselbe dauerhaft mit seinem und der Seinigen Geschick und Zukunft verbunden wußte, so war ihm auch sein religiöses Bewußtsein nicht ein nun einmal vorhandenes und manchmal Befriedigung verlangendes Gefühl, es war für ihn, wenn man so sagen darf, ein ganz

bedeutender Poſten in der Rechnung ſeines Lebens und
. erforderte darum auch eine ſeinem Wert angemeſſene
Behandlung und Beachtung. Wenn die Gegenwart eine
Zeit des Verſtandes und des alles anzweifelnden For=
ſchens iſt, ſo war unſere Vergangenheit vielmehr eine
Periode des Gewiſſens und des durch die Überlieferung
geheiligten Glaubens. Der Zwieſpalt, der ſich im Lauf
der Zeit und der Verhältniſſe zwiſchen beiden ergeben
mußte, fand eben in der Reformation und Perſönlich=
keit Luthers den ſchärfſten Ausdruck und rief die Geiſter
zu einem Kampfe, der alle Grundveſten deutſchen Le=
bens und Denkens bis ins Innerſte erſchütterte, aber
nicht zum Nachteil desſelben! Statt des Bundes mit
der Kirche durch die Vermittelung des Prieſters, ent=
ſtand der Bund mit Gott durch das Gewiſſen und gab
dem Leben jene Selbſtändigkeit in Denken und Han=
deln, die ſeit lange der Kirche zum Opfer gefallen war.
Und nun einmal dieſe Schranke durchbrochen war, rang
ſich auch das religiöſe Bewußtſein aus dem unwürdi=
gen Daſein eines mechaniſchen Gottesdienſtes empor zu
der Würde eines unausgeſprochenen, aber um ſo tie=
fern und wahrern Umganges mit Gott. Es erhielt
der einzelne in ſeinem Hauſe und ſeiner Familie eine
Stellung, die ihn gleichſam zum Prieſter am häus=
lichen Herde machte. Solche Menſchen vermochten auch
dem Volksliede eine wohnliche Stätte zu bieten. Und

wie alles, was von Herzen kommt und zu Herzen
spricht, nur da einen echten und frohen Wiederhall findet, wo der Boden ein fester ist, wo die Menschen in
ruhigem und sicherem Daseinsbewußtsein sich bewegen,
so konnte auch das Volkslied da am festesten und sicher-
sten Fuß fassen, wo es nicht zu dem Einzelnen, sondern wo es zur Gesamtheit, zur Familie sprach. Ihm
war das Recht sicher, aufgenommen zu werden unter die
Überlieferungen des Hauses als lieber Genosse in Freud
und Leid, es wurde fortgepflanzt von Munde zu
Munde in fröhlicher Gemeinschaft, und schlang ein unsichtbares aber festes Band um alle, die ihm zuhorchten.

Wenn wir während der Reformation und unmit-
telbar nach derselben das deutsche Familienleben aufs
Schönste und Erquickendste gefügt finden, und dadurch
einen Einblick ins Leben des Volkes erhalten, der uns
die Pflege seiner Lieder sicher sein ließ, so kam bald
dagegen eine trübe Zeit für Deutschland, der beides
zum Opfer fiel. Wohl rang sich das Volk aus der
allgemeinen Erschöpfung, die der dreißigjährige Krieg
im Gefolge hatte, wieder empor, aber es war ein an-
deres geworden. Was ihm die Reformation geboten,
hatte ihm der Krieg wiederum genommen, seine Greuel
und Schrecken hatten die sittliche Bande zerrissen, hatten das Gemüt stumpf und teilnahmlos gemacht, und
die tägliche Angst und Sorge um Besitz und Leben

hatten aus bem beutschen Hause ben guten Geist ge=
trieben, unb es zu einem öben unb freubeleeren Raum
gemacht. Ein frember Geist war in bas Lanb gekommen, unb unter seinem Fuß zertrat er alles, was sich
nicht ihm unb seinen rohen Gelüsten fügen wollte. Der
Lärm bes Krieges hatte alles andere übertönt, unb wo
wollte bas Volk noch Lust unb Mut hernehmen zu
fröhlichem Sang? Mußte es nicht ben ganzen Schatz
seiner Lieber vergessen, unb als ber Krieg endlich ge=
enbigt, arm unb verlassen sich mit ben kümmerlichen
Überresten, bie sich ba unb bort vorfanden, behelfen?
Aber es fanb auch nicht mehr sich selbst. Es waren
andere Menschen. Der Krieg hatte bie Selbstsucht in
all ihren Gestalten unb Arten wachgerufen; im täg=
lichen Kampfe um sein Leben hatte ber Nachbar bes
Nachbars vergessen; bie zuvor verbunden gewesen im
frohen Verein, hatten sich zerstreut, unb fremde Men=
schen unb fremde Geschlechter brängten sich überwu=
chernb zwischen bie kleine Anzahl berer, bie in ihrem
Wohnsitz alle Schrecken bes Krieges überstanben hatten.
Das Volk hatte bas Behagen an seinem bescheibenen
Dasein, an seinem herzlichen Zusammenleben vergessen
unb verloren! Mancher ärmlichen Existenz unb manchem
verzweifelten Gemüt war bas Solbatenleben willkommen
gewesen, mancher war aus Armut unb Not emporge=
stiegen zu einem freilich manchmal recht zweifelhaften

Glanz. Jeder Tag hatte neue Größen aufsteigen sehen und im ständigen Wetten und Wagen um Leib und Leben hatte jedes höhere Gefühl, jede Lust an Lieb und Sang Grund und Boden verloren. So war auch das deutsche Volkslied verschwunden, wenngleich die Kriegs= zeit eine Blütezeit politischer Lieder gewesen war; und als das geistige Leben wiederum erwachte, lenkte es in Bahnen ein, die es nur immer weiter und weiter von dem unter dem Schutt des dreißigjährigen Krieges be= grabenen Schatz ablenkten. Es trat die deutsche Kunst= poesie ins Leben, es tönte der Gesang der Barden, die Sturm= und Drangperiode riß die erregten Ge= müter in ihren Strudel hinein; die französische Revo= lution warf ihren blutroten Schein über ganz Europa. Napoleon trat auf; die Welt hatte andere Dinge zu beachten und zu betrachten, als die einfachen Melo= dieen eines Volksliedes, dem nicht einmal die Namen eines Herder und Goethe unumstößliche Geltung ver= schaffen konnten. Es steht in allen Litteraturgeschichten Deutschlands, und ihrer sind gewiß nicht wenige, klar und deutlich zu lesen, daß Herder dem Volkslied zu seinem Rechte verholfen, daß Goethe aus ihm gelernt und Arnim und Brentano sich ein unschätzbares Ver= dienst durch ihre Sammlung erworben! Die Wahrheit ist, daß es nicht an diesen Männern gelegen hat, wenn das Volkslied nicht wieder zu seinem Rechte gekommen ist.

Das Volkslied will nicht gelehrt und gelernt sein,
sonst könnte man ja auf die vielen Volkslieder, die in
den Schulen und Vereinen gelernt werden, deuten,
und sagen, daß einer solchen Anerkennung gegenüber
ich mich entschieden der Schwarzseherei schuldig mache.
Dieser Gebrauch des Volksliedes ist nicht der Ausdruck
der Gesamtheit, das ist nicht das frische und freie Hin=
ausjubeln der Töne. Es ist Kunst und künstliches Hin=
aufschrauben der Stimmung zu einer Höhe und An=
schauung, die wir längst verloren haben. Denn wenn
hier auch nicht zu untersuchen steht, welches die letzten
Gründe unserer Umwandlung sind, so ist so viel sicher,
daß wir neben allen wissenschaftlichen Errungenschaften
und neben aller Anerkennnng, die wir dem Volkslied
entgegenbringen, ihm doch als Fremde gegenüberstehen.
Und wenn es auch einigen — freilich herzlich wenigen
— Dichtern da und dort gelungen ist, seinen echten
und wahren Ton zu treffen, so haben wir doch damit
in der Gesamtheit keinen Schritt gethan, um das Ver=
lorene wieder zu gewinnen. Es ist ein interessantes
und nachdenksames Studium, zu beobachten, wie sich
im Laufe der Zeiten, und in den letzten Jahrzehnten
besonders, mit beengender Geschwindigkeit unser Volk
von Einer Überlieferung um die andere losgesagt und
abgewendet hat, — um damit einen Boden zu verlieren,
auf dem allein es sich sicher fühlen konnte. Daß es

damit den besten Teil seiner selbst preisgegeben, daß es durch den Bruch mit der Vergangenheit und durch das Bestreben, sich in Kreisen heimisch zu machen, deren Zwang seine frische und gesunde Kraft nicht ertragen konnte, sich selbst untreu geworden, das kann und will es nicht einsehen. Man schämt sich in der Gegenwart seines eignen Hauses, seiner alten Gewohnheiten und Sitten, und sieht das einzige Heil in einer möglichst raschen und möglichst übertriebenen Nachahmung dessen, was dem eignen Wesen zuwider ist. Es ist ein lächerliches Vertauschen! Der moderne Luxusmensch steckt sich in die ländliche Tracht, und meint dadurch einen andern Menschen angezogen zu haben; und das Volk schämt sich seiner eigentümlichen Tracht und sucht in der modernen Kleidung sich auf gleiche Stufe mit dem von ihm beneideten Städter zu stellen! Aber es hat damit sich selbst aufgegeben, und in das altehrwürdige Haus, in dem seine Vorfahren seit Jahrhunderten gesessen und den alten guten Geist einer festen und immergültigen Tradition gepflegt haben, einen neuen Geist eingeführt, der nicht hinein gehört. Ihm ist das Bewußtsein seiner Zusammengehörigkeit und der Stolz seines Standes abhanden gekommen, und es sucht eine möglichst große Ehre in dem sinnlosen Nachahmen der Mode und ihrer Vertreter. Es gilt nun nicht mehr für ehrlich und natürlich, daß der Sohn dem Vater als Erbe auch in Beruf und Arbeit folge; es gilt nicht mehr für stolz und ehrlich, den Bauer Bauer und den Handwerker Handwerker zu nennen; die eitle Nachahmungssucht und der Geist modernen, manchmal nur schwindelhaften Erwerbes, prunkvolle und prahlende Aushängeschilde und tönende Namen, deren Inhalt gar weit hinter dem von ihnen erweckten Begriff zurückbleibt, sind an diese Stelle getreten. Meister und Gesellen sind nicht mehr eine Familie; verschwunden ist die ganze echte deutsche Poesie des Handwerks, das einst Ehre genossen in allen deutschen Landen; man weiß nicht mehr von Zunft und Zunftgenossen, von Handwerksbrauch und Handwerksgruß. Heute gilt nur der Einzelne, und jeder stellt den andern sein Interesse und sein Streben kalt und einseitig gegenüber. Unser deutsches Haus ist ein andres geworden. Kein frommer sinniger Spruch grüßt mehr den Eintretenden, und kein herzlicher Gruß und Handschlag empfängt ihn mehr. In steifen Formen bewegt sich unser ganzes Leben, und in lächerlichen Vorurteilen stehen wir uns gegenüber. Es ist eine Zeit des Mechanismus und des Formellebens, das sich ausdehnt selbst auf die Kinder unsres Volkes, und aus dem naturfrohen, kräftig gewandten Burschen einen steifen und prahlenden Bedienten, aus dem frischen Mädchen eine Zierpuppe macht, die sich ihres Dialekts schämt und in ausge-

5*

suchtem Hochdeutsch ihrer Sippschaft imponiert. Man
schämt sich der alten, echt deutschen Namen und macht
Anlehen bei allen Zeiten und Völkern; man schämt
sich des Gehorsams gegen Eltern und Lehrer, und man
schämt sich des ehrwürdigen Hauses, in dem die Eltern
aufwuchsen; man schämt sich ihrer selbst mit ihren
lächerlich=altväterischen Anschauungen, und ist stolz al=
lein im Bewußtsein, ein moderner Mensch bis in die
Fußspitzen hinab zu sein. Und dieser moderne Mensch
kann naturgemäß nur an den Liedern und Chanso=
netten aus allen möglichen Opern und Operetten Ge=
fallen finden! Sein Leben ist ein viel zu rasches, von
einer Minute zur andern jagendes, nur den flüchtigen,
an ihm vorüberhuschenden und seine Sinne kitzelnden
Bildern zugängliches, als daß es einmal jenes Beha=
gen des Zusammenstimmens von Außenwelt und In=
nenwelt fühlen oder auch nur ahnen möchte, das es
empfänglich machte für die aus des Herzens tiefstem
Grunde kommenden Töne des Volksliedes. Und jene
gewaltige Gährung, die in der Reformation ihren Aus=
bruck fand, jener Sturm, der den alten Moderstaub
toter Formeln und Satzungen herausjagte aus Haus
und Herz der Menschen und hinwegfegte von der Erde,
also daß sich im Sonnenschein des ungefälschten Got=
teswortes ein neues regsames Leben allüberall erhob,
und herrlich gedieh? Es ist in der Zeit, da wir das

vierhundertjährige Geburtsfest unsres Reformators feier-
ten, gar oft und mannigfach darauf hingewiesen worden, wie uns von neuem eine Reformation, vielleicht
weniger unsrer Kirche, als unsres Volkes an Haupt
und Gliedern not thäte, und ich will auf diese Reformation nicht allein deswegen hingewiesen haben, weil
sie vielleicht auch einmal, freilich nur langsam, in den
Gemütern etwas grünen ließe, woraus sich das Volkslied mit all seinen herzlichen Tönen neu erheben könnte.
Angesichts des gewaltigen, in jedem ehrlichen christlichen Gemüt Sorgen erweckenden Zwiespaltes in dem
religiösen und sittlichen Leben unsres Volkes muß ein
nur ästhetisches Interesse zurücktreten. Denn wir müssen
ja erst den Boden wieder gewinnen, auf dem wir
einstmals gestanden, und das kann nur der Grund
eines sich selbst und seiner ewigen Aufgabe ganz und
voll bewußten Christentums sein! Und wenn ich den
so oft und so gerne von den stolzen Philosophen und
Vertretern der modernen Weltanschauung angeführten
Satz auch hier reden lasse, daß das Volk Religion
braucht, daß es den Glauben an einen Gott bedarf,
so meine ich das gewiß nicht in ihrem Sinne. Aber
ich meine, daß die unzerstörbare Wahrheit des Christentums, das ja seine Pflege und Heimstätte eben einst
im Volke gefunden hat, auch einmal hier wieder seine
Heimat finden müsse; daß von dem Volk aus sie von

neuem ihren Siegeslauf durch die Welt antreten müsse.
Wir sehen an jedem Tag die schreckvollen Resultate,
die ein Leben ohne Religion im Volke hervorbringt,
und es fällt vielleicht die Verantwortung hiefür weni=
niger auf dieses Volk selbst, als auf die, denen ihr
Beruf die Pflege des religiösen und sittlichen Lebens
in die Hände legt. Denn mehr und mehr ist ja auch
das Verhältnis zwischen Lehrern und Schülern ein an=
deres geworden. Wenn es. erst dem Lehrer eine Mühe
dünkt, sich mit ganzer Seele hineinzuleben in seine
Schüler, wenn er seiner Pflicht mit Erledigung seiner
amtlichen Schulstunden Genüge gethan zu haben glaubt,
und sich nicht berufen fühlt, über die Grenzen dieses
kleinen Wirkungskreises hinaus auf die ihm Anvertrau=
ten zu wirken, sie durch Lehre und Beispiel zu hüten
und zu warnen vor dem Gift modernen Unglaubens
und Zweifels; wenn er seinen Spott und seine Ver=
achtung des altüberlieferten und doch so ehrwürdigen
Lebens mit seinen Sitten und Gebräuchen offen zur
Schau trägt, so sündigt er dadurch an seinen Schülern
in einer Weise, deren Folgen ihm wohl augenblicklich
nicht klar genug vor Augen stehen! Vielmehr muß, da
nun einmal leider zu konstatieren ist, daß wir den Grund
und Boden unsres Volksbewußtseins verloren haben,
mit Energie und Festigkeit der nun im Dunkeln Um=
herlappende und Umherschwankende zurückgedrängt und

allmählich wieder dahin zurückgebracht werden, von wo
er ausgegangen als ein Suchender nach trugvoll glän=
zenden Gütern, auf den Boden seiner Heimat und auf
den Grund seiner heimischen Sitten und Ordnungen.
Wir dürfen allerdings das Zutrauen haben, daß die
tiefsittliche Kraft, deren sich unser Volk von je rühmen
durfte, einmal wieder alles ihr Feindliche überwinden
werde, daß einmal wiederum, wie damals Luther, so
in der Zukunft ein Mann auftreten werde, gewaltig
in Wort und That, der die Zersprengten sammelt und
die Verlorenen zurückführt an den heimischen Herd.
Und wenn sich dann an diesem Herd und seiner gesel=
ligen Flamme Nachbarn und Befreundete versammeln
werden, dann werden da und dort auch wiederum Töne
zu erlauschen sein, die zusammenfließend emporwachsen
zu einem gewaltigen Strom, der dahinflutet durch un=
ser Leben und Denken, und auch das deutsche Volks=
lied von neuem wiederum frisch ergrünen und blühen
läßt!

Wenn es gilt, aus all dem Gesagten die prakti=
schen Konsequenzen zu ziehen, um das Verlorene wie=
der zu gewinnen, so möchte ich natürlich in erster Linie
Hülfe hiefür in der Familie und deren Vertretern
suchen. Es handelt sich ja nicht allein und eng und
wörtlich um das Volkslied, es handelt sich um Grö=
ßeres und Bedeutenderes, und es gilt hier, wo wir

deutſches Leben in Sitte und Brauch wieder auferſtehen
laſſen wollen, ein einiges Zuſammengehen! Ich will
aber auch dem Vereinsweſen, wie es die Gegenwart
beſonders auszubilden beſtrebt iſt, ſeine Berechtigung
nicht abſprechen; im Gegenteil möchte ich darauf hin-
weiſen, wie in ſolchen Vereinigungen, ſeien ſie nun
Kriegervereine oder Jünglingsvereine, ſeien ihre Zwecke
nur geſelliger oder zugleich künſtleriſcher und geſang-
licher Natur, ſich eine der beſten Gelegenheiten findet,
dem Ziele, das wir uns nach dem Geſagten zu ſtellen
haben, näherzukommen. Es müſſen die einzelnen Glieder nur das eine bezwecken, ſich gegenſeitig zu fördern
und zu ſtärken, ihr beſtes Wiſſen und Können aufzu-
bieten, um das Volk allmählich wieder etwas Beſſeres
zu lehren als die Weiterführung eines planloſen und
jedem ideal en Zwecke abholden Daſeins. Keine theore-
tiſchen Vorſchläge und Gedanken. Es muß hier un-
mittelbar eins aufs andere wirken, und die Gelegenheit
und die Gewohnheit des Zuſammenlebens allein die
Früchte zeitigen, die wir hoffen und wünſchen! Ich
halte es, wenn einmal Vereine ſein ſollen, die ſolche
Zwecke verfolgen, für mehr oder weniger verfehlt, wenn
dieſelben eine Ehre darin ſuchten, eine ſei es nun dem
Berufe oder der Geburt nach möglichſt hochſtehende Per-
ſönlichkeit zu ihrem Führer zu wählen. Vielmehr der
tägliche Umgang und die Thatſache einer ſozialen Gleich-

stellung der einzelnen Mitglieder gibt einer solchen Vereinigung die innere Festigkeit und den Halt, den sie
braucht, um manchem Angriff von außen Widerstand
zu leisten. Kein Verein aber darf den offenen oder
geheimen Zweck haben, die Stellung eines Einzelnen
zu heben und sein Ansehen zu mehren; einzig und
allein in dem Zusammenfließen und Zusammenstimmen
der strebenden Kräfte aller liegen die Keime zu einer
segensreichen und gedeihlichen Entwickelung und Förde-
rung deutschen Lebens. Wir haben ja hinlänglich Ge-
nossenschaften und Gesellschaften, die sich der Pflege
des Kunstgesangs widmen, aber ihnen, deren edler
Zweck feststeht, möchte ich in ihrem Streben solche Vereine gegenüberstellen, in denen vor allem das, was das
Volk ersonnen und erdacht, kunstlos und schmucklos,
weiter gepflegt und gehegt würde. Noch sind ja die
Spuren des Volksliedes nicht so ganz verschwunden,
daß nicht einer durch den andern angeregt seinen Spuren nachgehen, längst Vergessenes wieder hervorholen,
und sich und andern damit Genuß und Erquickung
bieten könnte.

Etwas anders wird sich die Sache freilich gestalten, wenn davon zu reden ist, wie unser Ziel in Haus
und Schule erreicht werden könne. Hier ist naturgemäß eine Autorität und ein Leiter, der mit seinem
Beispiel in Wort und That die jugendlichen Gemüter

hinlenken muß zu dem Quell, aus dem ihnen echte
Begeisterung für ihres Volkes beste Güter kommt. Hier
ist es auch vor allem der sittliche Eindruck, der wir=
kend und fördernd sich geltend machen, der die Sinne
und Gedanken zurückleiten in die Vergangenheit, und
sie lehren soll die Gegenwart an dieser zu prüfen und
zu messen. Sangesfreudig ist ja auch unsre Jugend,
aber sie besitzt noch nicht die Selbständigkeit und Kraft,
die sie das Eble und sittlich Fördernde allezeit unent=
wegt festhalten läßt im Drange der Zeiten. Sie be=
darf hiefür eines Leiters und Lenkers, sie bedarf einer
Autorität, die ihr auch für die Pflege des Volksliedes
jenen festen Grund und Boden gibt, den sie später in
der Vereinigung von Glauben und Wissen finden wird
und soll. Heiße diese Autorität nun Vater oder Leh=
rer, allezeit muß es ihre erste und schönste Aufgabe
sein, gegenüber dem sich in der Gegenwart immer mehr
geltend machenden Einfluß ausländischer Nachahmungs=
sucht, fremdländischen gespreizten Wesens und Handelns,
deutsches Wesen und deutsches Lied hochzuhalten und zu
fördern.

Denn Andere müssen wir werden. Sind wir erst
einmal wieder Christen geworden ganz und gar, haben
wir erst einmal wieder den Standpunkt gefunden, auf
dem wir unserm Gott frei und fröhlich ins Angesicht
sehen können, und haben wir es einmal erreicht, über

all unſerm Wiſſen und Forſchen, das am Ende doch
Stückwerk iſt und bleibt, im Glauben und im echt
chriſtlichen Bewußtſein der Abhängigkeit von Gott unſre
ganze Freiheit wieder zu gewinnen, dann werden wir
auch den Weg finden, auf dem wir dem Ziele der
Harmonie zwiſchen Innen und Außen, zwiſchen Herz
und Welt entgegengehen. Die Erfahrung und die Ge-
ſchichte lehren es, daß dieſe Harmonie und dieſen Frieden nur das Chriſtentum geben kann, und daß darum
jede Poeſie im Grunde eine chriſtliche ſein muß, welche
rein und voll in ihren hellen Akkorden dieſe Harmonie
tönen und klingen laſſen will. Gewiß iſt es in dieſer
Beziehung kein Rückſchritt, wenn wir zur Vergangenheit zurückkehren, wenn wir es verſuchen, uns wiederum
heimiſch zu machen nicht allein äußerlich, ſondern ſo
recht von innen heraus, in der Welt, im Leben und
Treiben unſrer Vorfahren! Was vorerſt nur eine
Laune der Gegenwart iſt und als ſolche ein Zeichen
einer gewiſſen geiſtigen Ohnmacht, aus ſich ſelbſt neu
zu ſchöpfen, das Zurückgreifen in die Renaiſſance, das
würde dann zur vollgiltigen Wahrheit einer Wiederge-
burt werden. Und dann würde vielleicht auch Goethes
Gedanke und Wunſch erfüllt, daß das Volkslied, das
heute ein kümmerliches Gnadabaſein friſtet, ſeinen
Ehrenplatz im deutſchen Hauſe wieder erhielte und be-
hielte als Zuflucht und Troſt in Freud und Leid.

Empfehlenswerte Bücher

aus dem Verlage von Hugo Klein in Barmen.

Schneider, F. (Pastor.) Die Berechtigung der Kunst im Kultus der Kirche. 50 Pf.

„Dieser auf einer Pastoren-Konferenz mit großem Beifall aufgenommene Vortrag ist im Verlage von Hugo Klein in Barmen erschienen und dürfte recht geeignet sein, in evangelischen Kreisen das Interesse für christliche Kunst zu wecken und in die richtigen Bahnen zu leiten."

R.—M.

Christl. Bücherschatz, herausgegeben von Pfarrer G. Schlosser. 1887.

❧❧❧❧❧❧❧

Weitbrecht, Richard. (Pfarrer Dr.) Die deutsche Literatur in römischer Beleuchtung. 40 Pf.

„Es handelt sich um eine Zeitfrage von höchster Bedeutung, einen Weck- und Mahnruf an das protestantische Gewissen. Der Jesuitismus hat neuerdings einen Feldzug gegen die deutsche Literatur eröffnet mit der bestimmten Absicht, das deutsch-katholische Volk vom Vaterlande auch dadurch loszulösen, daß man ihm die dichterischen Schätze desselben verleidet, ja, in den Schmutz tritt. Mit welcher naiven Dreistigkeit die Jünger Loyolas dabei verfahren, wie diese Taschenspieler es versuchen, aus weiß schwarz zu machen, durch Verdrehung unsere großen Dichter an den Pranger zu stellen, das mag man in diesem Büchlein des nähern nachlesen."

(Kirchl. Wochenblatt für Schlesien und die Oberlausitz.)